Sonya
ソーニャ文庫

旦那様は溺愛依存症

水月 青

JN167958

イースト・プレス

contents

プロローグ

少女は広い花畑の一角にしゃがみ込んだ。

「見つけられるかな……」

呟きは、色とりどりの花の中に消える。

こっそりと屋敷を抜け出し、子供の足には少し遠いこの場所に来たのは、四つ葉のクローバーを探すためだった。

先日、使用人たちが話しているのを聞いたのだ。四つ葉のクローバーを見つけると願いが叶《かな》うらしい、と。

それを聞いた少女は、居ても立ってもいられずに屋敷を出た。考えるよりも先に体が動いてしまうのは少女の悪いところだと教育係によく嘆《なげ》かれ、普段は気をつけているのだが、今回は母への想いが体を動かしたのだ。

少女の母親は体が弱く、臥《ふ》せっていることが多かった。だから四つ葉のクローバーを見つけて、母親の病気を治してもらいたかった。

しかし三つ葉の群生する中、いくら目を凝《こ》らしても四つ葉は見つからない。場所を変えて這《は》うように探し続けても、結局見つけることができなかった。

日が傾き始めている。少女は諦《あきら》めて立ち上がった。早く帰らないと、屋敷を抜け出したことに気づかれてしまう。

大きな溜め息を吐きながら、花の間を縫《ぬ》うようにしてとぼとぼと歩く。すると、花畑を抜けようとしたところで人を見つけた。背中を丸めて蹲《うずくま》っているようだった。

少女は慌《あわ》てて駆《か》け寄った。

「大丈夫？　お腹痛いの？」

声をかけると、その人物は勢いよく振り向いた。綺麗な青色の瞳をした少年だった。

無表情でこちらを見る彼に、少女は繰り返し訊《き》いた。

「お腹痛いの？」

少年は無言で首を横に振る。安堵した少女は少年が手にしているものに気がつき、大きく目を見開いた。

「四つ葉のクローバー！」

少年は四つ葉のクローバーを何本も持っていた。その中には、四つ葉でないものも交ざっている。

「それ、何クローバー？　いっぱい葉っぱがあるのね」

思わず少年の手に顔を近づけると、彼はぼそりと言った。

「七つ葉……」

「えー？　七つ葉？　七つも葉っぱがついてるの？」

四つ葉以上に葉がついているものがあるなんて知らなかった少女は驚喜《きょうき》し、「すごいすごい」と手を叩いた。

「全部あなたが見つけたの？」

「うん」

「いいなー。私、四つ葉のクローバーを探しに来たのに、一つも見つけられなかったの」

少女が肩を落とすと、少年は少し何かを考えるようなしぐさをしたあとで、四つ葉のクローバーを差し出してきた。少女は首を傾《かし》げる。

「……くれるの？」

「七つ葉はあげられないけど……」

ごめんね、と謝る少年に、少女は首を振る。差し出された四つ葉のクローバーは五本もあったのだ。受け取った少女は、満面の笑みを浮かべた。

「こんなにたくさん、ありがとう！」

お礼を言うと、少年が僅《わず》かに微笑《ほほえ》んだように見えた。

少年と別れた少女は、足取りも軽く帰路《きろ》についた。塀《へい》で囲まれた屋敷の前まで着くと、周囲を確認し裏手に回る。塀の一部分が壊れていて、少女はいつもその小さな穴からこっそりと出入りしていた。

葉っぱで隠していた穴に体を滑り込ませて屋敷の方に抜けると、また丁寧に穴を隠して玄関へ向かう。

母の寝室は二階の奥だ。早くクローバーを見せたくて、少女は階段を駆け上がった。

階段を上りきって廊下を半分行ったところで、後ろから鋭い声がした。少女はビクリと体を震わせ、足を止める。

「何をしているのですか!」

恐る恐る振り返ると、怖い顔をした教育係が立っていた。

「走るのははしたないと何度も注意したはずです。淑女《しゅくじょ》としての自覚が……まあ! なんですか、その汚れは!」

指摘され、少女はその時初めて気がついた。ドレスにべったりと土がついていたのだ。

「ご、ごめんなさい……。早くお母様に見せたくて……」

身を縮めて謝る少女に、教育係は厳しく言った。

「汚れた格好で奥様に近づいてはいけません。病気が悪化したらどうするのですか」

「でも、四つ葉のクローバーを……」

「四つ葉？　そんな雑草を奥様に見せに行くと言うのですか？　まったく……。何度も言いますが、あなたは淑女でなければならないんですよ。旦那様はあなたを立派なレディにするためにわたくしを雇ったのです。子爵家の跡継ぎとしての自覚を持ってください。さあ、手を洗って服を着替えますよ。奥様に会うのはそれからです」

教育係が強引に少女の手を引いた。反論すれば十倍になって返ってくることは今までの経験で分かっていたので、少女はおとなしく彼女の言うとおりにする。

教育係にこんこんとお説教をされながら、汚れを落とし、ドレスを着替えた。それから再び五本の四つ葉のクローバーを握って母のもとへ向かう。

母の喜ぶ顔を想像しながら寝室の扉の前で足を止めた時、廊下の向こうから足音が聞こえた。見ると、父がこちらに向かって来るところだった。

「おかえりなさいませ、お父様」

先ほど教育係に『淑女というものは――』と散々言われたので、少女は父に淑女らしい礼をしてみせる。

「ああ、ただいま。……それは何だ？」

ニコリともせずに頷《うなず》いた父は、少女が握っているものに気づき目を細めた。

「四つ葉のクローバーです。お母様に元気になってもらいたくて……」

「四つ葉？　どこで見つけてきたんだ？　まさか、ひとりで屋敷の外に出たのか？」

父の鋭い指摘に、少女はビクリと身を竦《すく》ませる。その反応だけで察したのだろう。父はハア……と大きな溜め息を吐き出した。

「お前は子爵家の跡取りなんだ。それを自覚して、慎《つつ》ましい振る舞いをしなければならない。そんな雑草を探している暇があるなら、知識や教養を身につけることに時間を割《さ》きなさい。良い伴侶《はんりょ》を見つけるためには、まずは周囲が認めるような淑女になることだ」

「……はい」

厳しい口調で叱《しか》られ、少女はうなだれる。そこで、母の寝所の扉が開いた。

「あ、お父様。お帰りなさいませ」

中から現れたのは妹だった。彼女は父に気づくとすぐに礼をした。

「ただいま。裁縫《さいほう》をしていたのか」

頷いた父は、妹が小さな手に裁縫道具を抱えているのを見て目元を緩めた。

「はい。お母様に刺繍《ししゅう》を教えていただきました」

嬉しそうに妹が微笑むと、父は満足そうな表情になる。

「お前は母に似て女性らしいな。刺繍は上手にできたのか？　見せてみなさい」

父は妹の頭を撫《な》で、室内に入って行った。
微笑み合う父と妹の後ろ姿を見つめ、少女は四つ葉のクローバーをきつく握り締めた。

一章

「あの、これを……」

聖堂の出口に向かうところで赤面した青年に手紙を差し出され、ティア・ムーアクロフトは目を丸くした。

時々礼拝で会い、軽く挨拶《あいさつ》を交わす程度の関係であった彼は、確か男爵家の嫡男だったはずだ。

青年はもじもじしながら頭を下げた。

「カリーナに渡してください」

「……ええ、分かりました」

ティアは溜め息をつきたい気持ちを押し殺し、笑顔で手紙を受け取った。

青年が聖堂を出て行くのを見送り、受け取った手紙に視線を落とす。

カリーナはティアの妹だ。王都でも評判の美少女である。左右対称の整った顔立ち、白磁のような滑らかな肌、絹のように柔らかな金色の髪。愛らしい小さな唇から零《こぼ》れる声は鈴の音を思わせる。

その中でも一番印象的なのは、エメラルド色の澄んだ瞳だ。美しく輝くその大きな瞳で見つめられると、なんでも言うことを聞いてしまいたくなる。けれどカリーナの魅力はそれだけではない。疑うことを知らない彼女は、とても人懐っこい。誰とでもすぐに仲良くなり、誰からも愛される。それは天性の資質といえた。

病弱であまり寝室から出られない母にべったりだったせいか、昔のカリーナはとてもおとなしかった。本来の性格が表に出るようになったのは、母が他界してからだ。明るくなった彼女に周囲はすぐさま魅了された。

それにひきかえ、髪も瞳も同じ色をしているというのに、ティアの容姿はいまいちぱっとしない。地味なのはきっと父親に似たからである。カリーナの華やかな容姿は母親似だ。

性格まで真面目な父に似てしまったのか、ティアはカリーナのように天真爛漫《てんしんらんまん》に振る舞うことができなかった。幼いころはそうでもなかったが、子爵家の長女として厳しく育てられたため、いつしか世間体《せけんてい》を気にし、常に笑みを貼りつけて淑女のふりをしてしまうようになっていた。

だから、自分の好きなように振る舞うカリーナのことを羨ましく思うこともあるが、彼女のことは自慢の妹だと思っている。

こうしてカリーナ宛ての手紙を受け取るのは、もう何度目になるだろうか。

ティアは手紙をポケットにしまい、我慢《がまん》していた溜め息を吐き出してから、聖堂の外に待たせてある馬車へ向かった。

けれどそこで、馬車にいるはずの妹が姿を消していることに気づき、さらに大きく溜め息をついた。

ティアが祈りを捧げている間、カリーナはいつも馬車の中で待っている。待たせてしまうから着いて来なくていいと言っているのに、一緒に行くと言って聞かないのだ。

十三歳のカリーナが期待しているのは、礼拝からの帰り道に馴染みの菓子店に寄ることである。そこの焼き菓子が大好きなのだ。だから長い時間待たせてしまった時には不満を隠すことなく頬を膨《ふく》らませる。だが今日は、その不満顔が馬車の中になかった。

いつもよりも礼拝に時間をかけてしまったので、待ち切れずに一人で店に向かったのだろう。御者の目を盗んで姿を消すのは、これで三度目だ。

前回も前々回も、一人で街を歩くのは危ないと散々注意をしたというのに……。

カリーナが言うことを聞かないのは、ティアの注意の仕方が甘いからかもしれない。その自覚はある。

ティアは妹が可愛くて仕方がないのだ。うるうるとした大きな瞳で申し訳なさそうに謝罪をされると、母を早くに亡くして哀《あわ》れに思う気持ちもあり、それ以上きつく叱ることができずにいつも許してしまう。

甘え上手なカリーナは、ティアが許すとすぐに嬉しそうな顔になる。その笑顔が天使のように見えるのは、家族の欲目だけではない。

ティアは、露店の立ち並ぶ通りに向かい、妹のカリーナを捜し始めた。

人で混み合う大通りを注意深く捜すが、彼女の姿は見当たらない。もし前回の脱走の時と同じなら、今頃は菓子店で買い物をしているのかもしれない。

カリーナのお気に入りの菓子店は大通りの端のほうにある。そこへたどり着くには、人で混み合うこの通りを行くよりも、少し先の路地を抜けたほうが早い。

ティアは優雅に見えるように気をつけながら、大股《おおまた》で目的の路地を行く。

急いでいても淑女としての振る舞いは忘れてはいけない。それが教育係の教えだった。

最近では貴族女性も気軽に街へ出たり、働く者もいるという。現王が即位してから女性の大臣が誕生したり、隣町で貴族女性が商人頭になったりしたせいか、彼女たちのようになりたいと外に出て働きたがる女性が増えたのだ。

さらには景気が良くなり国民の個人資産が増え、自力で権力を手に入れようとする者が現れるようになり、爵位には昔ほどの価値はなくなっている。

そんなふうに時代は変わりつつあるというのに、昔気質の教育係は『淑女はこうあるべき』と古い考えをティアに押しつける。しかしそれが父の理想とする跡継ぎの姿であるならば、と人前では文句を言わずにそのとおりにしていた。

今も、万が一にも知人とすれ違うといけないので、早足ながら姿勢よく歩いていると、あと少しで路地の出口に差しかかろうというところで、視界の端にちらりと見覚えのある物が映った。

「カリーナ？」

今朝は肌寒かったので、ティアは深緑色のストールを持って屋敷を出たのだが、聖堂にいる間はカリーナに預けていた。馬車の中になかったので、カリーナが身に着けて行ったのだろうと思っていたが、今ちらりと見えたのがそれだったような気がした。

ティアは路地の横道に消えたその影を追った。いくつかの角を曲がり、普段は絶対に通らない細い路地へと入って行く。

なるべく足を速めて進んだが、やがて見失ってしまった。先へ進むべきかどうか迷っていると、路地の奥にちらりとまた人影が見えた。

ここからははっきり見えないが、壁続きだと思っていたこの狭い路地の建物には扉があるようだ。扉から出て来たらしいその人物は、被っていたフードを少し持ち上げ、用心深く左右を見回した。そしてすぐにティアがいるのに気づき、ぴたりと動きを止めた。同時に手からぽろりと何かが落ちる。

茶色の布から、赤くて細長いものが飛び出しているように見えたが、少し遠いので何かは分からない。その人物はひどく慌てた様子で素早く拾い、勢いよくくるりと踵《きびす》を返してティアとは反対方向に走り去ってしまった。

薄暗いので体格から判断するしかないが、走り去った人物は男性のようだった。不審な動きは気になるものの、今はカリーナを捜すほうが先だ。

妹はいったいどこに行ったのだろう。好奇心の塊《かたまり》である妹でもこんなところまでは来ていないと思うが……。

迷いながらも、ティアは思い切って奥へと進んだ。やがて男性が出て来たと思われる扉を見つける。ずいぶん長い間放っておかれたのであろうボロボロのそれは、完全には閉じなくなっていて、扉の意味があるのかどうか疑問に思うものだった。

まさかこんな扉の先にカリーナがいるとは思えず、ティアは路地の先へ進もうとした。

しかし、ふと扉の隙間に人影が見えた。

一人ではない。何人もいる。

ティアは眉をひそめて目を凝らした。

扉の向こう側は、建物の中というわけではなく、少し幅の広い路地が続いているようだった。ティアが立っているこの路地よりもさらに暗くじめじめとしている。

そこに、数人の男がいた。彼らは何かを囲むようにして立っていて、お世辞《せじ》にも柄《がら》が良いとは言い難《がた》い。だがその中心部に深緑色の布が見え、ティアは息を呑んだ。

「あれは……！」

妹が男たちに絡《から》まれている。そう思ったら、居ても立ってもいられなかった。

「カリーナ！」

ティアは扉を乱暴に開け放ち、駆け出した。

普段ならドレス姿で走ることはない。はしたないと教育係に叱られるからだ。しかし今はそんなことを気にしている場合ではなかった。

「っ……」

一人で飛び出さずに助けを呼びに行けばよかったと気づいたのは、厳《いか》つい男たちが一斉《いっせい》にティアに視線を向けてきた時だ。決して好意的ではない目で射《い》るようにこちらを見ている。

ビクリと体が竦み、思わず足を止めてしまう。けれど、今更引き返すわけにもいかない。

震える足を踏ん張りながら、ティアはキッと彼らを睨《にら》みつけた。

「なんだ？　クビ突っ込んでくるんじゃねえよ。あっちに行ってろ」

蛇《へび》のような目つきをした男が、追い払うように手を振った。その向こう側で深緑色のストールがひらりと揺れる。

薄暗い中でも分かった。あれはティアのストールだ。やはりあそこにいるのはカリーナなのだ。

早く助けてあげなければ。ティアは恐怖に竦む足を無理やり動かし、できるだけ毅然《きぜん》とした声を出した。

「何をしているの。そこをどきなさい」

しかし男たちは、にやけながら顔を見合わせた。

「ああ？　何してるって、見りゃ分かるだろ。生意気なやつをシメてんだよ」

「気の強いお嬢ちゃんだな」

「金持ちの令嬢には俺たちのような下々《しもじも》の人間のやることは理解できねぇだろうなぁ。お嬢様、互いの理解を深めるために俺たちと遊んでくれますか〜？」

四人の男たちは馬鹿《ばか》にしたようにけらけらと笑った。

その口調と言葉に腹が立ち、ティアはすぐに言い返す。

「一人の人間を複数で囲むなんて卑怯《ひきょう》だと思わないの？　男としても人間としても最低だわ！　恥を知りなさい！」

恐怖がなくなったわけではない。けれど失礼な男たちに対する怒りがそれを上回ったのだ。

カッとなると感情が先走ってしまうのがティアの悪いところだ。いつもは懸命《けんめい》に抑えているのだが、この特殊《とくしゅ》な状況で恐怖が一気に怒りへと転じ、感情が爆発してしまった。

「恥を知りなさい、だってよ」

「俺たちは最低な人間だからな。恥ってやつを知らねえんだよ。嬢ちゃんが教えてくれるか？」

男たちのうち二人が、にやにやと下卑《げび》た笑いを浮かべてティアに向かってきた。

捕まったらきっとまずいことになる。それは分かっているが、カリーナを置いていくことはできない。

逃げ出したい気持ちを抑え、ティアはなんとかその場に留まる。だが男たちとの距離は徐々に縮まっていた。

女性にしては足は速いほうだし、護身術も少しだけなら身につけている。けれどカリーナを連れて逃げるには、相手の人数が多すぎた。頭に血がのぼった今の状態でも、自分が彼らから逃げられないことは分かる。

――どうすればいいの？

ひとまずカリーナを置いて、助けを呼びに行ったほうがいいのかもしれない。きっとそれが最善の策だろう。分かってはいるが、一人でこの場を去ることには躊躇《ためら》いがあった。

しかし、自分一人でカリーナを助け出すことは不可能だ。

堂々巡りの思考の中、答えを出せずに唇を噛む。けれど今の状況はチャンスかもしれない。こちらに注意が向いている間にカリーナだけでも逃げてもらうことができれば……。

そう思い、口を開こうとした次の瞬間、男たちの後ろで深緑色のストールがこちらに向かって投げられた。

高く舞い上がり広がった大判のそれは、ひらりひらりと風に乗ってゆっくりと空中を舞う。

まるで踊《おど》っているかのようなその動きに目を奪われていると、突然何の前触れもなく、奥にいた男二人が、どさり……と鈍い音を立てて地面に倒れこんだ。

「あ……！」

ティアは目を大きく見開き、思わず声を上げる。すると、ティアに向かって来ていた男二人が、異変に気づいて仲間のほうを振り返った。

素早く何かが動くのが分かった。しかし〝分かった〟というだけで、その動きは理解できなかった。

ドッ……！　ドッ……！　と重い音がしたと思った刹那、目の前の二人の体が地面に伏していた。

あっという間に大の男が四人も倒されている。何が起こったのか分からないティアは呆《ぼう》然《ぜん》としたまま動けずにいた。

すると、ティア以外にただ一人そこに立っていた人物が、舞い上がったストールを地面に着く直前に素早く掴み取った。

「……え？」

ティアは小さく驚きの声を上げた。

瞬く間に男たちを倒したのは、今ストールを手に持ったこの男に違いない。ストールが舞い上がり、地面に落ちる直前までの短い間にそれをやり遂げたのだ。あまりにも動きが速すぎて、どうやって倒したのか分からなかったので断言はできないが。

どちらかというとひょろりとした青年だ。屈強な男四人を一瞬にして倒せるほど強そうには見えない。

白いシャツに焦げ茶色のトラウザーズという、どこにでもいそうな町人の格好をしているが、体つきからして休暇中の騎士ではなさそうだし、立ち姿に品があるので町のゴロツキでもなさそうだ。

ティアは視線だけを動かし、カリーナがいるはずの場所を見た。

そこには誰もいなかった。ということは、先ほどまで男たちに見下ろされていた人物は彼なのだろうか。

「ありがとうございます」

耳に心地のいい低く柔らかな声が、ティアの思考を中断させた。彼は倒れた男たちの間を器用に縫い、ティアに近づいて来る。

「何のことでしょうか？」

お礼を言われる意味が分からない。ティアは警戒しながら眉をひそめた。

男は互いの呼吸が届きそうなほど近くで足を止めた。……少し近づきすぎではないだろうか。

「あなたは危険を顧《かえり》みずに僕を助けようとしてくれました」

男は澄んだ海のように青い瞳を嬉しそうに細めた。

ティアは目の前の男を素早く観察する。

近すぎて全身を確認することはできないが、とりあえず顔は整っていた。頬に僅かにかかった栗色の髪の毛がふわりと揺れている。まっすぐに伸びたそれは、よく見ると前髪の部分だけ緩くカーブを描いていた。

やけに顔が小さい。それが印象的だった。背が高く手足も長そうだ。他人と接する時の距離は近すぎるが、物腰は柔らかでどこか上品。

しかしはっきりと言ってしまえば、あまり隣に並びたくない。美青年で、しかも顔が小さいなんて、よほど自分に自信がある女性でないと彼と一緒に歩きたくはないだろう。

カリーナくらいの美少女ならば、彼と並べば絵になるかもしれない。彼女はまだ成長途中の十三歳なので今は身長差がありすぎるが、あと何年かしたら釣り合うようになるはずだ。

「いえ……助けていただいたのはこちらです」

ティアは後退《あとずさ》りしながら首を振った。

そもそもティアが飛び出したのは、カリーナと間違えたからで、危険を顧みなかったのは決して彼のためではない。それに、何をどうやってああなったのかはさっぱり分からなかったが、あの男たちを倒したのは彼なのだ。ティアは何もしていない。男たちが倒れていくのをただ呆然と見ていただけだ。

「あなたは勇敢《ゆうかん》です」

男はそう言って、ティアが後退したのと同じ分だけ、間を詰めてきた。

勇敢だと言われても嬉しくはない。ティアは淑女でなければならないのだ。

けれどそんな思いなど知らず、男は素早くティアの手を両手で包み込み、熱の篭《こ》もった眼差しを向けてきた。

「あなたのような女性は初めてです。あなた以上の女性なんてこの世にいません」

いいえ、いると思います。そう心の中で言い返し、曖昧《あいまい》に笑ってぐっと手を引いた。しかし、強く握り締められているわけでもないのにビクともしない。

「震えていますね。怖かったのでしょう」

違う。手を抜き取りたくて必死に力を入れているからだ。こんなにも露骨《ろこつ》に嫌がっているというのに、男はティアの手を離そうとしない。それどころか、恋する乙女のように瞳をうるうるさせ、さらに距離を詰めてくる。

膝《ひざ》が当たった。下腹部も触れている。握られた手は、ティアの胸を押し潰す勢いでぐいぐいと押されている。しかし悲しいかな、豊満《ほうまん》とはいえない胸のせいか、彼は自分の手がティアの胸に当たっていることに気づいていないようだ。それはそれで腹が立つ。

ティアは偶然を装って彼の足に自らの足を乗せた。綺麗に磨《みが》かれた靴を踵《かかと》でグリグリと踏みつけてから、たった今気づいたように申し訳なさそうな顔を作る。

「あら、ごめんなさい。足を踏んでしまいましたね」

言いながら体を離し、彼が足に気を取られている隙《すき》に力いっぱい手を引き抜いた。今度は、するりと拘束から逃れることができた。

ほっと胸を撫で下ろし、さり気なく手を後ろに回したティアは、さっさとここから退散《たいさん》しようと顔に笑みを貼りつけた。この男とは関わり合いにならないほうがいいに決まっている。

「あの、申し訳ございませんが、失礼いたしますわね」

一礼してから、ティアは踵を返した。

「待ってください！」

優雅に、けれどできるだけ足早に立ち去ろうとしていたティアの前に、彼は素早く回りこんできた。

「……何か？」

かろうじて笑顔を保てたが、引き攣《つ》っていないだろうか。

「行ってしまわれるのですか？」

彼は俯《うつむ》き、悲しそうな声で言った。そんな声を出すなんて卑怯だ。まるでティアが悪いみたいではないか。

「急いでおりますの。用事がありまして……」

理不尽な罪悪感を胸に、なんとかそう答える。すると彼はハッとしたように顔を上げ、切なそうな表情でじっとティアを見つめてきた。

「そうですか。残念です」

本当に残念そうに言ってから、握手を求めるように手を差し出してきた。

「またお会いしましょう」

『また』はないだろうと思いながらも、ティアはにっこりと上品な笑みを作り、握手に応じる。

しかしその直後、ふわりと唇に何かが触れた。

――え……？

何が起きたのか分からなかった。

なぜか至近距離に青い瞳があり、それを呆然と見つめていると、柔らかく温かなものがティアの唇を軽く食んで名残惜しそうに離れていった。

「…………」

——今、いったい何があったの？

ティアが、開いたままだった瞳で目の前の男をとらえると、彼は照《て》れたように笑った。

その顔を見て気づいた。今のはキスだ。キスをされたのだ。そう理解すると、考えるよりも先に体が動いた。

「何するのよっ！」

叫んだティアは、大きく振り上げた手を彼の頬《ほお》めがけて勢いよく振り下ろす。

気持ちの良い音が鳴り、彼の顔が横を向いた。時が止まったかのように、お互いに動きを止める。ティアは、彼の頬が赤く染まっていくのをぼんやりと眺めていた。

「……殴られたのは……生まれて初めてです」

噛み締めるような口調だった。

——殴ったんじゃなくて叩いたのよ。

反射的に心の中で訂正したが、のんきにそう思っていられたのもそこまでで、直後、じんじんとする手の痺《しび》れから、自分のしでかしたことを自覚した。途端に、さあっと血の気が引く。

「も、申し訳ございません！」

ティアは深々と頭を下げた。

人に手を上げたのは生まれて初めてだ。いくらひどいことをされたからといって、暴力《ぼうりょく》で返すのは良くない。

さらにもしこのことが噂になったりしたら、そしてティアの素性が知れたら、家に迷惑がかかってしまう。ティアが今まで築き上げてきたものも一瞬にして崩壊し、淑女ではないと知った周囲は落胆するだろう。父にも見放されてしまうかもしれない。

「僕を殴ったのはあなたが初めてです」

顔を上げられずにいるティアに、彼は追い討ちをかけるように言った。

繰り返さなくていい。一度聞けば分かる。そう思ったが、今は謝ることしかできなかった。

「申し訳ございません」

ティアは彼が許してくれるまで何度でも謝罪をしようと思った。ティアにも正当な理由はあるが、叩いたことをなかったことにはできない。でも彼に口外《こうがい》しないようにお願いすることはできる。

「本当に申し訳ございません。ですがどうかこのことは……」

誰にも言わないでください。そう続けるはずだったが、顔を上げたティアの目の前に、なぜか頬を染めた彼の姿があり、言葉を失った。

てっきり怒っていると思っていた。女性が社会進出をし始めたといっても、まだまだ女

性を下に見る男性は多い。それなのに、彼はどこか恥ずかしそうにもじもじとしている。

怖い。予想外の反応に、薄ら寒いものを感じた。

ティアが頬を引き攣らせると、彼は叩かれた頬に手をやり、ニッコリと微笑んだ。

「責任を取って結婚してください」

「……え？」

彼の突然すぎる発言に、ティアの頭はしばし考えることを拒否した。

「僕と、結婚、してください」

黙り込んだティアに、目の前の男は、今度は一語一語はっきりと告げた。

何を言っているのだろうか。頬を叩いたはずだが、実は頭を叩いてしまったのかもしれない。

ティアは再び深々と頭を下げた。

「もしかしたら頭を叩いてしまったかもしれません。お医者様に診てもらったほうがいいと思うのですが……」

「女性に対して……いえ、人に対してこんな気持ちになったのは初めてです」

ティアの言葉を無視してなおも喋《しゃべ》り続ける彼を放ってこのまま立ち去りたいが、離れようとするたびに、横に後ろにと彼は同じようについてくる。

振り切って逃げ出すことも考えたが、すぐに追いつかれるだろう。

それに、ここはなんとか穏便《おんびん》に済ませたいという気持ちもあった。ティアの不名誉《ふめいよ》な噂を流されないようにしたい。

どうすればいいのか悩みながら、ティアは彼と視線を合わせた。

男は、相変わらずうっとりとした表情でティアを見つめている。

「責任、取ってくれますよね」

それが当然と言わんばかりの彼の態度に、ティアは即座に『お断りしたい』と思った。

今はもう親が結婚相手を決める時代ではない。しかしまだそれなりの身分や権力を持つ家との繋がりを求めて結婚する貴族は多い。

ティアは今、自分がどういう選択をしていいのか分からずにいた。昔は父が決めた相手と結婚するのだろうと思っていた。しかし、年頃になっても父は何も言ってくれない。

結婚相手は自分で決めろということなのか、それともティアに興味がないのか。その話をしたくても、夜遅く帰ってきて朝早く仕事に出かけてしまう父とは滅多《めった》に顔を合わせることはないし、忙しそうな父を目の前にすると自分のために時間を割いてくれとは言いづらかった。

夫婦のあり方について、ティアには一つだけ理想があった。ゆっくりでもいいからお互いを知って、愛し愛される関係になりたい、ということだ。両親は政略結婚だったが、確かに愛し合っていた。ティアは、両親のようにお互いを思いやる夫婦に憧れを抱いているのだ。

彼は、淑女らしからぬ振る舞いをしたティアのことを気に入ってくれて、結婚したいとまで言ってくれた。その点で考えると寛大《かんだい》な夫になるといえるだろう。

ティアは、依然《いぜん》として熱い眼差しを向けてくる彼を改めて観察した。着ているものは質が良く、立ち居振る舞いには品がある。さらりとした栗色の髪は艶《つや》やかで、深い青色の瞳は澄んでいてとても綺麗だ。しかし……。

――やっぱり、無理。

手形のくっきりついた頬を愛しそうに撫でる姿を見たら背筋がぞっとした。

このまま流されてしまったら、彼を叩いて喜ばせるという日常が待っているかもしれないのだ。いくら淑女でない自分を気に入ってくれたとはいえ、変態とは結婚したくない。

ティアは断ろうと心に決めた。

けれどその直後、男は何かに気づいたように手を打った。

「そういえば、僕はまだ名前を告げていませんでした」

初対面という気がしなかったもので……と照れ笑いをした彼は、すぐに表情を改め、胸に手を当てて礼の姿勢をとった。

「僕はリクハルト・キーツと申します。リクハルトとお呼びください。あなたのお名前をお聞きしてもよろしいですか？」

叩かれて嬉しがっていた男と同一人物だとは思えないほどきちんとした自己紹介をされた。その上、紳士的に名前を尋《たず》ねられてしまった。

本当は答えたくない。聞く前に逃げたかった。けれどそんなふうに名乗られたら、こちらも名乗り返すのが礼儀だろう。ティアは渋々《しぶしぶ》と答えた。

「……私はティアと申します」

「では、ティア。改めてお願いします。僕と結婚してくだ……」

「申し訳ございません」

みなまで聞かずに頭を下げた。

万が一彼が王族か高位高官だったとしたら、父に何か影響が出てしまうかもしれないが、そんな身分の人間がこの狭い路地に供も連れずに一人でいるわけがないし、こんなところで求婚してくることもないだろう。

しかしこんなにもきっぱりと断ったというのに、リクハルトはまるでティアの返事が聞こえなかったかのように、また繰り返してきた。

「結婚してください」

「お断りいたします」

「結婚……」

「いたしません」

しつこい、と心の中で悪態をつきながら、ティアは頭を下げ続けた。

そんなやりとりがしばらく続いた。収束したのは、第三者が現れたからだ。

「何をなさっているのですか？」

ティアの背後から、硬い声がした。振り向くと、壊れた扉のほうからゆっくりとした足取りでティアたちに近づく男の姿があった。

「なかなかお戻りにならないので、心配になりお捜ししていました。何かございましたか？」

そう言って訝しそうに眉を寄せたのは、きっちりとした服装に背筋のぴんと伸びた生真面目そうな青年だ。

「ライ、見て分かりませんか。取り込み中です」

リクハルトはちらりと青年に視線を向け、目を眇《すが》めて言った。一瞬、ひんやりとした空気を肌に感じたように錯覚するほど、彼の声は低く冷たかった。つい今し方まで穏やかな声を出していた人物とは別人のようだ。その変わりように、ティアは思わず彼から一歩退《ひ》いてしまう。

「お取り込み中……だったのは分かります。この男たち、あなたが倒したのでしょう？」

冷たい態度をとられても、ライという青年は意に介すことなくティアたちの足下を指差した。

その言葉に、ティアは慌てて足下を見下ろす。衝撃的な出来事の連続で、男たちが地に伏していることをすっかり忘れていた。こんな状況の中で結婚云々のやりとりをしていたのだと気づかされ、いたたまれない気持ちになる。

「そんなことよりも、今は僕の人生を左右する大事な局面なのです。邪魔をしないでください」

倒れている男たちには目もくれず、リクハルトはまたしてもティアが離れた分の距離を詰めながら言った。するとライと呼ばれた男は、また不思議そうに尋ねた。

「何をなさっているのですか？」

「求婚しているのです。僕はティアと結婚します」

リクハルトが宣言した。瞬間、ティアは無意識に頭を下げていた。

「いたしません。申し訳ございません」

直前まで何度も繰り返していたせいか、〝結婚〟という言葉を聞くだけで勝手に頭が下がり、断りの言葉が口をついて出るようになっていた。

視界の端に映ったライは、信じられないというように大きく目を見開いていた。彼とリクハルトがどういう関係かは知らないが、リクハルトが結婚すると宣言したからでもあるだろうし、ティアがすげなく断ったからでもあるだろう。

「リクハルト様、頬に手形がついているではありませんか。まさかあなたが殴られるなど……」

しかし、驚愕の表情を浮かべていたライが口にしたのは、ティアの想像からはまったくかけ離れた言葉だった。その声は微かに震えている。

え？　そこ？　と、ティアが驚き顔を上げると、ライは眉間にしわを寄せ、地面に転がる男たちに目を走らせた。

「この者たちを見る限り腕が立つようには見えませんが、見かけによらずよほどの手練《てだれ》がいたのでしょうね」

「ええ。初めてを奪われました」

リクハルトは冷たい表情から一転、ポッと頬を赤く染めて頷いた。

言い方がおかしい。これでは、ティアがリクハルトの貞操《ていそう》を奪ったようではないか。それに、初めてを奪われたのはティアも一緒だ。いや、合意なくキスをされたティアは被害者である。

「リクハルト様に傷を負わせたのはどの男ですか？　今後狙われることがあったらやっかいです。今のうちに再起不能にしてしまいましょう」

足下に転がっていた男をつま先で蹴《け》りながら、ライが抑揚のない声で言った。目が本気だ。

――どうしよう。この人もリクハルトとは別の意味で怖い。

ティアは頬を引き攣らせた。リクハルトを叩いたのはティアだ。ということは、このことがバレてしまうと、ティアが再起不能にされてしまう。

もう口止めするのは諦めて、後で他の案を考えよう。そう自分に言い聞かせ、ティアはスカートの裾《すそ》を持ち上げてここから逃げ出す準備をする。

大丈夫。ライが現れたことで、リクハルトの注意はティアから逸らされている。逃げるなら今だ。ティアは機会を待った。

「そういえば、ライは……」

リクハルトがライに視線を向けた瞬間、ティアは素早く身を翻《ひるがえ》して走り出した。

「ティア……！」

後ろから切羽《せっぱ》つまったリクハルトの声がしたが、振り返らずに速度を上げる。

――ここにフォルトゥーナがいれば……！

愛馬が一緒なら、絶対に追いつかれない自信があった。しかし、女性が乗馬をするのは野蛮だという風潮《ふうちょう》がいまだにあるため、人前で馬に乗ることは自重しているのだ。

暗い路地を闇雲に走り、何度も角を曲がってやっと大通りに出る。ティアはそこで足を止めると、道行く人に気づかれないように軽く髪と服装を整え、淑女らしく歩き出す。ちらりと振り返るが、リクハルトは追いかけて来てはいないようだった。ティアはほっと胸を撫で下ろし、ふと気づいた。

そういえば、ストールを返してもらっていない。予想外の出来事が起きすぎてその存在を忘れていた。同時に当初の目的も思い出す。

「……カリーナ」

そうだ。カリーナを捜していたのだった。それであんな騒動《そうどう》に首を突っ込んでしまったのだ。

初めてのキスを奪われた上に求婚され、散々だった。通常であれば、リクハルトのような容姿端麗な男性に迫られれば嬉しいだろう。しかしあの状況でときめく乙女はいないと思う。

――あの人のことは忘れよう。

キスもなかったことにしてしまえばいいのだ。もしリクハルトが先ほどの出来事を誰かに話して噂になってしまったら、泣きながら彼の性癖を暴露し、叩けと脅《おど》されたのだと言えばいい。

こちらだって彼が変態だという弱みを握ったのだ。ばらされたくないのはお互い様だろう。だからきっと彼もティアのことは口外しないに違いない。

そう考えると少し気が軽くなる。その時、前方から声が聞こえてきた。

「お姉様！」

はっと視線を上げると、カリーナの姿が見えた。彼女は眩《まぶ》しいほどの笑みを浮かべ、一直線にティアに向かって走ってくる。

ティアは慌てて平静を装い、ニッコリと微笑みを作った。

「カリーナ、どこに行っていたの？　捜していたのよ」

ティアは胸に飛び込んできた無邪気な妹を「心配したわ」と抱き締めた。次からはきちんと御者に言ってから行動するようにと注意をする。

するとカリーナは微笑んで大きく頷いた。ティアもつられて笑む。今度こそはしっかりと叱り、二度とこんなことがないように言い聞かせるつもりだったのに、カリーナの笑顔を見たらそれ以上叱る気が失せてしまった。

聞けば、今日は焼き菓子を買いに行く前に花屋に寄ったらしい。そこの店主が、カリーナにお似合いだからと言って薔薇《ばら》を何本か分けてくれたのだそうだ。

「それでね、偶然お花屋さんで会ったフランツがその薔薇を持ってくれているの。それに、お菓子屋さんで焼き菓子を買ってくれたわ」

嬉しそうに言って、カリーナは手にしていた袋をティアに見せながら背後に顔を向けた。

「やあ、ティア」

カリーナから預かったのだろう薔薇の花束を軽く上げて微笑んだのは、シュラール神官長の子息、フランツだ。

十六歳になり、外出を許可してもらえるようになってから、ティアが礼拝のために初めてこの街の聖堂に足を踏み入れたのは半年前。その時に入り口でぶつかり、ティアの落とした手袋を拾ってくれたことで知り合った。聖堂を管理している神官長の息子である彼とは、これまでも何度か礼拝で一緒になったことがある。だからカリーナとも知り合いだった。

フランツは特別目を引く美形というわけではないが、人に安心感を与える優しげな顔立ちをした好青年だ。

ティアはカリーナから体を離し、フランツのほうに向き直る。

「いつもごめんなさいね、フランツ」

「いいんだよ。好きでやっているんだから」

お礼を言うと、フランツは笑顔で頷いてくれた。直後、ふと気づいたようにその視線がティアの髪の毛に移り、彼は少し顔を顰《しか》めて首を傾げた。

「ティア、君にしてはめずらしく髪の毛が乱れているね」

指摘され、ティアは内心焦った。全力疾走をして乱れた髪は手櫛《てぐし》で簡単に直せるものではなかったらしい。髪の乱れは心の乱れだと教育係に教えられてきたので、髪には特に気をつかっていたというのに。

焦りを顔には出さずに、ティアはゆっくりと髪を撫でつけた。

「少し風が強かったせいだわ。乱れたまま歩いていたなんて恥ずかしいわね」

「大丈夫。乱れていると言ってもほんの少しだ。でも、ここら辺では強い風なんて吹かなかったけど……どこを歩いて来たんだ？」

「カリーナがいつもの菓子店にいると思ったから、近道をするために路地を通ったの。そしたら建物の間を抜ける風が強くて……」

実際に路地は通ったが、ごまかすために風が強かったと嘘をついた。するとフランツは心配そうに眉をひそめた。

「路地？　大丈夫だったかい？　柄の悪い連中に絡まれたりしなかった？　最近、貴族を狙った窃盗《せっとう》団も出ているらしいじゃないか」

「……大丈夫よ。何もなかったわ」

本当は柄の悪い連中に絡まれた。それ以上に質《たち》の悪い男にもしつこく絡まれたため、答えるまでに少しだけ時間がかかってしまった。

しかしそんなことは言わなくていいだろうとティアが微笑むと、フランツも笑顔になった。

「今日みたいに、隙《すき》のある君を見られたのは幸運だったと思うけど、他の人たちの前では気をつけないとね。まあ、俺が言うまでもなく、君は完璧な淑女だから心配いらないと思うけど」

その言葉に、一瞬だけ動きが止まってしまう。

淑女であるために努力をしているのだから、そう思われているのは喜ばしいことのはずだ。けれど、それが少しだけ寂しい気もした。

本当のティアは、喜怒哀楽がはっきりしているし、言葉より先に手が出てしまうことのある人間だ。そんなことをする人間は、フランツの言う完璧な淑女ではないだろう。

そう思いながらもティアはなるべく上品に見える笑みを作った。

「そろそろ馬車に戻らないと。御者が心配しているわ」

「そうだね。カリーナが馬車から抜け出すのは初めてじゃないけど、御者の心労は相当のものだろう」

早く戻ろう、とフランツは薔薇を持ったまま聖堂の方角へと足を向けた。どうやら彼は馬車まで送ってくれるらしい。

ティアたちの歩幅に合わせてゆっくりと歩いてくれるフランツを見ながら、彼には今度きちんとお礼をしなければいけないと考える。何を贈るのが良いだろうかと思案している間に、馬車を停めてある通りに出た。

すると、それまで笑みを浮かべていたカリーナが、「あ！」と小さく声を上げた。

「お姉様、ごめんなさい。私、お店を覗くのに夢中で、どこかでお姉様のストールを落としてしまったみたいなの。捜してもどこにもなくて……」

馬車を見てストールのことを思い出したのだろう。ごめんなさい、とカリーナは眉尻を下げ、首を小さく傾け謝罪する。昔から、ティアだけでなく両親や使用人も彼女のこの仕草と表情には弱かった。

「いいのよ。それよりもカリーナが無事で良かったわ」

ティアの言葉に、カリーナは満面の笑みを浮かべると、嬉々として馬車へと駆け出す。危ないと注意しようとしたが、御者が馬車のドアを開けて待っているのを見て口を閉じた。馬車までの距離はそう遠くない。カリーナはあの勢いのまま乗り込む気なのだろう。

「ティア」

諦《あきら》め気分でカリーナの後ろ姿を見送っていると、隣を歩いていたフランツがティアの名を呼んだ。彼にしてはめずらしい硬い声に思わず足を止めて隣を見る。フランツも立ち止まり、ティアを見下ろした。

「少し時間あるかな？」

直前まで笑みを浮かべていたのに、突然そわそわとした様子で自分の髪を撫でつけるフランツは、なぜか緊張した面持ちで続けた。

「話があるんだ」

普段は世間話をして別れるのだが、今日の彼はどうも様子がおかしい。

「あっちに移動しよう」

聖堂の脇にある小道を指差しながら促され、ティアは戸惑《とまど》いながらも頷いた。

「お姉様?」

馬車に乗り込もうとしていたカリーナが、こちらを不思議そうに見ている。

「少しだけ待っていてちょうだい」

ティアの言葉にカリーナは不満そうな顔をしたが、素直に御者の手を借りて馬車に乗り込んだ。それを見届けた後、フランツの後について小道まで移動する。

人けのない静かなその場所で唐突に足を止めたフランツは、振り向きざまに言った。

「ティア、俺と結婚してくれないかな」

「え……?」

ティアは自分の耳を疑った。ついさっき、薄暗い路地で聞いたのと同じ台詞だ。こんなにも安売りされるような言葉だったろうか。

「俺は君以上に完璧な淑女は見たことがない」

絶句《ぜっく》するティアに、フランツは言い募《つの》る。

「俺は神官長の三男で身分の差はあるけど、きっと君を幸せにする。俺との結婚を考えてみてくれないか?」

真剣な表情だ。大事な友人だと思っていた彼からまさかそんなことを言われるとは思っていなかったので驚いたが、ティアを求めてくれたことは純粋に嬉しかった。

けれど……。

フランツは淑女であるティアと結婚したいと言っているのだ。嬉しいのに、素直に喜べないところがあった。

複雑な感情が顔に出てしまっていたのか、フランツはティアの表情を見ると小さく苦笑した。

「返事は急がないよ。君がその気になってくれるまで、いくらでも待つから」

言ってから、フランツは慌てたように、ポケットから手のひらに収まるほどの小さな箱を取り出し、ティアに差し出した。リボンのついた箱だ。

受け取っていいのか分からずに躊躇《ちゅうちょ》していると、フランツの手によってしゅるりとリボンが解かれて箱が開けられる。

促されるまま箱の中を覗き込むと、そこには、金細工の中心に柘榴石《ざくろいし》が埋め込まれた可愛らしいブローチが入っていた。

「これ……」

血のように赤い柘榴石を見て、ティアは数日前に屋敷に来た宝石商の言葉を思い出した。最近、若者たちの間で恋人に柘榴石のブローチを贈るのが流行っているのだと言っていた。一昔前にも同じような流行があったらしい。

「俺たちはまだ恋人同士ではないけど、受け取ってほしいんだ。本当は最初にこれを渡してから求婚するつもりだったのに、緊張して順番を間違えてしまった。ごめん」

「そんな……受け取れないわ」

フランツの求婚を受けると決めたわけではないのに、恋人同士が贈り合うブローチをもらうわけにはいかない。

「ティアのために買ったんだから、ティアがもらってくれないと捨てることになるよ。だからもらってほしい」

フランツが照れたように微笑んだ。そして箱からブローチを取り出し、優しい手つきでティアのドレスの胸もとにつけてくれる。

「よく似合うよ。いつもの深緑のストールにも合うようなデザインを選んだんだ。気に入ってくれたかな？」

光の加減で様々な輝きを見せるブローチを見下ろし、ティアは自分の顔に自然と笑みが浮かんでいることに気づいた。

自分のために買ってくれたものだと思うと、単純に嬉しかった。いつも男性がティアに手渡すのは、カリーナ宛ての贈り物だったからだ。

「ええ。とても綺麗ね」

せっかくストールにも合うものを選んでくれたのに、今ここにそれがないことを残念に思った。一瞬、ストールを手にしたリクハルトのことを思い出したが、軽く頭を振って追い払い、ティアは笑みを深めた。

「ありがとう、フランツ」

ホッとしたようにフランツが笑う。お互い照れ笑いを浮かべながら、カリーナの待つ馬車へと戻った。

「返事、待っているよ」

ティアが馬車に乗り込むのを手伝ってくれたフランツは、脇《わき》の下に挟むようにして持っていた薔薇をティアへと差し出しながら囁《ささや》くように言った。

フランツの顔は、ティアが持つ真紅の薔薇よりも赤らんでいるように見えた。


屋敷に着いたティアは、自ら薔薇を花瓶に生けて客間に飾った。それから自室へと戻り、ソファーに倒れこむ。

足を投げ出してソファーに横になるのは行儀の悪いことだが、今はとにかく落ち着かない気分だったので、おとなしく座ってはいられなかった。自室でならどんな格好をしていても構わないだろうと、ブーツを脱いで肘掛けに足を乗せてクッションを胸に抱く。

なにせ、ティアにとって一大事なのだ。一日のうちに、二人の男性に求婚されてしまった。ティアは今まで、〝可愛いカリーナの姉〟としてしか世間に認識されておらず、求婚なんてされたことがなかった。

片や得体の知れない変態、片や神官長の息子で好青年。しかも、リクハルトは勇敢で凛々《りり》しいティアを好ましいと言ったが、フランツはおしとやかで慎《つつし》み深いティアがいいと思っている。彼らが望むのは、正反対の自分なのだ。

——それにしても、どうして突然〝結婚〟なのか。

これまで異性とは縁《えん》のなかったティアには、普通というものが分からなかった。周りから結婚の予定はないのかと聞かれることはあったが、これまでずっと、結婚は父の決めた相手とするものだと信じていたから、男性に興味を抱くこと自体、無駄なことだと思い込んでいたのだ。

ティアと同じくらいの年で結婚している女性はたくさんいる。だからティアもそろそろ父ときちんと話し合ったほうがいいと思っていた。

結婚するなら……と呟きながら、ティアは胸もとのブローチを外した。小さいのに重量感のあるそれを窓から差し込む光にかざしてみる。蔦状《つたじょう》の金の隙間から漏れる光が、埋め込まれた柘榴石を美しく輝かせた。研磨《けんま》された面が光を反射し、宝石自体が発光しているかのように眩い。

「やっぱりフランツよね」

穏やかだし優しいいし、一緒にいても緊張することがない。決してブローチで買収されたわけではない。

だが彼のことを好きかというとよく分からなかった。

そもそも〝好き〟とはどういう気持ちのことを言うのだろうか。

フランツと話していると楽しいし、求婚されて嬉しいと感じた。しかしそれはフランツが相手だからなのだろうか。

とはいえ、たとえフランツに対する気持ちが恋ではなかったとしても、彼とならきっと結婚後も平穏な生活ができるだろうとは思う。彼と過ごす時間はいつもゆったりとしていて、とても心地のよいものだからだ。

それにひきかえ、リクハルトは強引で自分勝手で、何よりも叩かれて喜ぶようなおかしな人だ。いくら顔が良くても、素性も分からず、性格に問題がありそうな男とは結婚したくない。それにあの男は、不意打ちでティアの初めてのキスを奪った卑怯者だ。

どう考えても、軍配《ぐんばい》はフランツに上がる。それなのに、なぜフランツにすぐ返事をしなかったのだろうか。自分で自分の気持ちが分からなかった。

結婚はティアだけの問題ではないし、まずは父に話を通してから、という理由もあったが、やはりフランツがティアに淑女らしさを求めているからだろうか。

もしリクハルトより先にフランツが求婚してくれていたら、ティアはあの場ですぐに良い返事をしていたかもしれない。そして父に話をするよう言っていただろう。

でも先にありのままのティアを求める人物がいた。

正直、ティアは貴族令嬢らしからぬ自分を受け入れてくれる人がいるなんて思ってもいなかった。だから結婚しても淑女の仮面を被って過ごすことが当然の未来だと諦めていた。それなのに――。

今もソファーに寝転んで行儀悪くしているが、こんな姿を見てもリクハルトは怒らずにいてくれるだろうか。そこまで考え、すぐに否定した。

父や教育係だけでなく、貴族の奥方たちからも、淑女でなければ女性としての価値はない、という話を何度も聞かされてきた。ティアが昔あまりにもお転婆だったため、おとなしくさせるためにそう言われ続けたのかもしれないが、フランツ同様、世の男性が求めるのは淑女なのである。

だからこの先も、ティアは仮面を被り続けるのだ。もう二度とリクハルトに調子を狂わされたくなかった。

きっと、これから先リクハルトと会うことはないだろう。あの容姿からして女性に不自由していないであろう彼が、ティアに執着するとは思えないからだ。きっとすぐにティアのことなんて忘れてしまうに違いない。

貴重な経験だったと思うことにしよう。そう自分を納得させ、ティアはフランツへの返事を考えることにしたのだった。

その日の夜。

「ティア、少しいいか」

城で文官長を務めているためあまり家にいない父が、めずらしく早い時間に帰宅し、夕食後にサロンで刺繍をしていたティアに声をかけてきた。

「はい」

意外に思いながらもティアは余計なことは言わず、刺繍道具を脇へ置くと、向かいのソファーに座る父に向き直る。

こんなふうに二人きりで話すことはほとんどないので、なんだか気まずい。

「何かありましたか？」

淑女らしく父の言葉を待とうと思っていたのに、沈黙に耐え切れずに思わず尋ねてしまった。父はコホンと一つ咳払《せきばら》いをすると、普段より低い声で切り出した。

「今日、城でキーツ侯爵からティアのことを訊かれたんだが、彼と知り合いなのか？」

「キーツ侯爵？」

なんとなく引っかかりはしたが、知り合いにそういう家名の侯爵はいなかったため、ティアは首を傾げた。すると父は、問い詰めるような口調で言った。

「リクハルト・キーツ侯爵だ。知っているんだろう？」

「リクハルト……」

その名前なら知っている。

忘れたくても忘れられないその名を口にした瞬間、昼間のことが一瞬にして脳裏によみがえった。合意もなくキスをされ、叩いたら喜ばれ、挙げ句の果てには求婚された、あの最悪な出来事を……。

そういえば彼は〝リクハルト・キーツ〟と名乗っていたような気もするが、彼が侯爵らしかったかというと首を傾げてしまう。

「それは、背が高くて顔が小さくて栗色の髪に青い瞳をした若い男性のことですか？」

「そうだ。やはり知り合いなんだな」

渋い顔をして父は頷いた。

昼間の男がリクハルト・キーツ侯爵なのか。あの若さで侯爵の位を継承することなど稀《まれ》である。父が言うには、彼は早くに親を亡くし、まだ子供とも言える年の頃に爵位を継いだらしい。

忙しいはずの侯爵が、昼間にあんな路地裏で柄の悪い人間に囲まれていた。

侯爵ともなれば、一人でフラフラ町を出歩いたりなどしないだろう。馬車で移動し、買い物は屋敷に商人を呼びつけるはずだ。自由な気風になったとはいえ、実際にはまだまだ貴族の多くはそんな生活をしている。

侯爵である彼が、あんな場所でいったい何をしていたのか――。

「お父様は、キーツ侯爵とはどういったお知り合いなのですか？」

「ああ。彼は王の側近だからな。……それでお前はキーツ侯爵とどこで知り合ったんだ？」

「……知り合いというほどのものではありませんわ。今日の昼間に偶然出会って、ほんの少しお話ししただけです。お父様に言われるまで忘れていたくらいですし」

リクハルトが王の側近であるという事実に驚いたし、彼のことを忘れていたわけでもないが、ティアは彼とは何の関わりもないと強調することを優先した。何があったのか詳しく訊かれると困るのだ。

それにしてもあの男、行動が速い。今日の昼間に会ったばかりだというのに、その日のうちに父と接触するとは。ティアのことなんてすぐに忘れるだろうと思っていたのに……。

リクハルトはティアがムーアクロフト子爵の娘だと分かっていたということか。

一方的に知られているのは気分がいいものではない。特にあの男には知られたくなかった、というのが本音である。

けれど、知り合いでもないと強調したティアの返答に、父は首を捻《ひね》った。

「そうか。それならなぜ侯爵がティアのことを……」

「何を言われたのですか？」

嫌な予感しかしないが、とりあえず訊いてみる。父はリクハルトとの会話を思い出そうとしているのか、きつく目を閉じて話し出した。

「いや、特に何かを言われたというわけでなく、尋ねられたのだ。確か……ティアの好きな花や好きなレースの種類、だったかな。それからティアのドレスを作っている職人を紹介してほしいと言われた。白い生地がどうとか言っていたな……」

「白い生地……」

ティアは引き攣った笑みを浮かべることしかできなかった。昼間の出来事を話されたわけではないことに安堵したが、もう一つの嫌な予感が的中している気がしてならない。

自意識過剰《かじょう》だと思うが、質問の内容から連想できるものは花嫁衣裳くらいしか思いつかないのだ。

――まさか……まさか、ね。会ったばかりの人間に本気で求婚なんてしないわよね。

もとはと言えば、あの男がキスなんてしてくるから悪いのだ。驚いて反射的に頬を叩いてしまった。それを喜ばれるなんて誰が考えるだろうか。しかも求婚までされるなんて、そんな突飛なことを想像できるはずもない。

ティアが懸命に『あり得ない』と自分に言い聞かせていると、突然、父がハッと顔を上げた。

「まさか、キーツ侯爵はティアに結婚を申し込む気では……？」

今まさにそんな内容のことを考えていたのでドキリとした。しかしすぐに気を取り直し、ニッコリと笑みを貼りつけて強い口調で否定した。

「一度しか話したことのない人間と本気で結婚をしようだなんておかしいですわ。相手がカリーナなら別ですけれど、私を妻にしたいと思う人なんているわけないじゃありませんか」

　あり得ません、と言い切ったティアに、父はすぐさま言い返してきた。

「何を言っているんだ。夜会に出れば一度会っただけで結婚なんてことは普通だし、ティアにだって縁談の申し込みは何件も来ているんだぞ」

「……初耳ですわ、お父様」

　つい低い声になってしまった。その声に驚いたからか、はたまた口が滑ってしまったことに動揺したのか、父は慌てたように顔の前で手を振った。

「い、いや、娘たちの結婚相手は私が責任を持って精査しているから、きちんとした相手が決まるまでは伝えないでおこうと思っていたのだ」

「そうですか」

　父の慌てぶりは少し引っかかるものの、年頃になっても縁談の話がなかったのは、父がきちんとティアのことを考えてくれていたからだと知り、心が温かくなる。父はティアのことをどうでもいいと思っていたわけではなかったのだ。それが嬉しかった。

「とにかく、もしキーツ侯爵から縁談の申し込みがあっても断っておく。それでいいか？」

ゴホンゴホン……とわざとらしい咳払いをし、普段どおりの威厳のある父親に戻った彼は厳しい口調で言った。

「ええ、私は構いません。でも、お断りして大丈夫なのですか？」

「大丈夫だよ。……大事な娘をキーツ侯爵に嫁がせることはしたくない。彼は良くも悪くも賢《かしこ》い青年であることに違いないが、あまり関わらないほうがいい。ティアの相手に相応しいかと思い、候補に入れていたこともあったが……」

難しい顔をして父は言った。普段人を悪く言わない父がここまで言うからには何らかの理由があるのだろう。

「あの方には、何か問題があるのですか？」

好奇心から出た問いだったが、直後、父は突然ソファーから勢いよく立ち上がった。

「すまない、仕事に戻らないといけないのだ。話はまた今度にしよう」

呆気にとられるティアを残し、父はそう言いながら足早にサロンを出て行ってしまった。

不自然すぎる。

その後ろ姿が見えなくなるまで目で追ってから、ティアは大きく息を吐き出した。

今度というのはいつだろうか。多忙な父とこんなふうにゆっくりと話ができることなんて近いうちにあるのだろうか。

良くも悪くも賢い、という父の言葉がものすごく気になったが、父があんなふうに話を打ち切るくらいだ、きっとろくなことではないのだろう。

――あの男はよほどの曲者《くせもの》なんだわ。それに、もしかしたら彼も他の人たちと同じようにカリーナ目当てで近づいて来たのかもしれないし。

ティアはそう結論づけ、やはりリクハルトのことは忘れてしまおうと刺繍を再開した。

二章

ティアには日課にしていることがある。

日が昇りかけのまだ薄暗い時間に、愛馬フォルトゥーナに乗って、屋敷近くの小さな草原で駆けることだ。

馬は夜目がきく。だから少しくらい暗くても走りに支障はなかった。特にフォルトゥーナは、眩しすぎる日中よりはうっすらと日の射している時間帯を好むため、今のようにほのかな朝日を浴びながら駆けるのはとても楽しそうである。

早朝は滅多に人に会うことはないが、フォルトゥーナに乗る時は念のために男装をしているので、誰もティアだとは気づかない。

男装といっても、乗馬用のコートに茶色のトラウザーズと頑丈なブーツ、それに長い髪の毛をまとめて隠せる深めの帽子《ぼうし》を目深に被っているくらいだ。それでも、貴族の令嬢がそんな格好をして馬で疾走《しっそう》するはずがないという先入観のせいか、今のところ見破られたことはない。

毎朝屋敷からこっそりと抜け出していることは使用人の何人かは気づいているようだが、ティアがフォルトゥーナを可愛がっていることを昔からよく知っているので、目を瞑《つぶ》ってくれているようだった。

「フォルトゥーナ、おはよう。今日はいい天気になりそうね」

いつものように男装姿で厩舎《きゅうしゃ》に向かったティアは、フォルトゥーナの首筋を優しく撫でる。すると彼はいつものとおりティアの頭を頬にすり寄せた。

もう四歳、人間の年齢だと十六歳ぐらいになるというのに、この愛馬はいつまでも甘えん坊だ。ティア以外の人間には素っ気無いので、彼がティアを特別に思ってくれていることは分かっている。

フォルトゥーナと出逢ったのは、ティアが十三歳の時だ。

三年前、仕事で忙しいはずの父がめずらしく家族で遠出をしようと提案してきた。連れて行ってくれたのは父の管理する牧場だった。きっと体の弱い母を気遣って、空気の良い場所を選んだのだろう。

広大な敷地には、羊や山羊、そして馬が放たれていた。ティアが足を止めたのは、馬の群れの前だった。

走り回る子馬の無邪気な様子を微笑ましく眺めていたティアは、そのすぐ傍でつまらなそうに佇《たたず》む子馬に気づいた。それが月毛《つきげ》の牡馬《ぼば》、フォルトゥーナだった。

誘われても輪に入ろうとせず、他の子馬を見つめている彼がどうしても気になったティアは父にあの馬が欲しいとねだった。

甘え上手な妹とは違い、長女であるティアは今まで両親にわがままを言ったことはほとんどなかった。だからだろうか、父は思いがけずあっさりとフォルトゥーナをティアに与えてくれた。

ティアにはそれまで、〝自分だけのもの〟がなかった。カリーナに「欲しい」とお願いされたら、たとえ大切にしているものであろうとも文句も言わずに差し出してきたからだ。自分のものはカリーナのものでもあると思っていた。

けれど、フォルトゥーナだけはティアのものだった。カリーナがフォルトゥーナを怖がって近づかないからだ。カリーナが初めてフォルトゥーナに会った時、歯を剝き出しにして威嚇《いかく》されたからだろう。

ティアはこの自分だけの友達を何よりも大事にしていた。ありのままの自分でいられるのもフォルトゥーナと一緒にいる時だけだった。

「今日もよろしくね、フォルトゥーナ」

厩舎を出てフォルトゥーナの背に鞍《くら》を乗せると、ティアはひらりとその背を跨ぐ。

すると知性をたたえた茶色の瞳が、「どうした？」とでも言うように気遣わしげにこちらを見た。フォルトゥーナにはティアの心の変化がすぐに分かってしまうようだった。

「大丈夫よ。昨日ね、ちょっといろいろあって……走りたい気分なの」

屋敷の裏門から林を抜けていつもの草原に着くと、フォルトゥーナは速度を上げて走り出した。朝のひんやりとした空気と緑の爽《さわ》やかな風が気持ち良い。

そうして気分がスッキリした頃、休憩するためにティアはフォルトゥーナから降りた。鞍につけていた革袋を開いて中の水を与えると、彼は勢いよく水を飲み干す。

「帰ったらすぐに朝ご飯をあげるわね」

革袋をしまいながら言うと、フォルトゥーナは尾を高く振り上げた。嬉しい時にする動作だ。その振りの大きさで、彼がどれだけ喜んでいるのかが分かる。

その時、ふと気づいた。フォルトゥーナの尻尾の向こう側、草原の奥の森に近い場所に一頭の馬がいる。

いつの間にそこにいたのか、その馬はゆったりと草を食んでいた。

そしてよく見ると、その馬の足下には人が蹲っている。こちらに背を向けているので様子は分からないが、もしかしたら気分が悪いのかもしれない。ティアは慌てて駆け出した。

フォルトゥーナもついてくる。

「大丈夫ですか？　どこか具合でもお悪いのですか？」

すぐ近くまで来て、声をかけてから気がついた。蹲っているように見えた人は気分が悪くて座り込んでいるわけでなく、馬の足に触れて何かを確認しているだけのようだ。馬が怪我をしたのだろうか……と心配になって眉を寄せた時、その人物が顔を上げた。目が合った瞬間、ティアは勢いよく顔を伏せる。

――どうして？

なぜ彼がこんなところにいるのだろう。いや、いるはずがない。見間違いに違いない。こんな偶然があってなるものかと、帽子のつばを少しだけ持ち上げ、もう一度その人物をちらりと確認してみる。

柔らかそうな栗毛、小さな頭、整った顔立ち……そして海のように深い青色の瞳。

間違いない、彼だ。

まさかこんな場所にリクハルトがいるなんて。

ティアは伏せた顔を上げることができなかった。

いやしかし、今は男装しているのでティアだとは気づかれていないかもしれない。そう願いながら、帽子を深く被り直した。早いところ逃げてしまおうと、フォルトゥーナに乗るため鞍に手をかけ鐙《あぶみ》に足を乗せる。

「ティアじゃないですか！」

乗り上がる前に、声をかけられてしまった。しかも彼ははっきりとティアの名前を呼んでいる。

「僕を心配してくれたのですか？」

思いがけず近いところで声がした。顔を向けると、すでに立ち上がっていたリクハルトが肩の触れ合う距離に立っていた。

「僕の具合が悪いと思って声をかけてくれたんですよね。ありがとうございます。ティアはいつも僕を心配してくれますね。……そういえば、あの時も……」

最後にぼそりとした呟きが聞こえた。その言葉の意味が分からず眉をひそめると、彼はすぐに昨日と同じように弾むような声で言った。

「ティアも朝の散歩ですか？　僕は今日初めてここに来たんですよ。それなのにティアに会えるなんて……これは運命ですね」

先ほどの真面目な言動とは打って変わってリクハルトが興奮したように一歩近づいて来る。ティアは鐙から足を下ろし、反射的に一歩退いた。

運命ではなく、ただの偶然だと思う。しかも質の悪い偶然だ。心の中で冷たくそう吐き捨て、キラキラとした瞳で見つめてくるリクハルトを見返した。

男装して乗馬していることをこの男に知られてしまうとは……。ティアは渋々帽子を取った。

「どうしてすぐに私だとお分かりになったのですか？」

こんな服装なのに、と怪しむティアに、リクハルトはきょとんとした表情を浮かべた。

「分かりますよ。僕がティアに気づかないわけないじゃないですか」

その自信はいったいどこから来るのか。ティアは思わず呆れ顔になる。

「でもそう言われれば、僕以外の人間なら気づかないかもしれないですね」

うんうんと頷きながら、リクハルトはティアの全身に視線を走らせた。そして小さく唸る。

「ティアはどんな服でも似合いますね。今日の服も凛々しくて素敵です」

何を言うのかと思えば、大真面目な顔で賛辞を口にした。どうやら彼は、ティアがなぜこんな格好をしているのかは気にならないらしい。

「僕も乗馬が趣味なんですよ。空気の澄んでる時間帯に駆けると気持ち良いですよね」

僕も？　それではまるで、ティアの趣味が乗馬だと知っていたみたいではないか。

そんなことに気を取られているティアにはお構いなしで、リクハルトは言葉を重ねた。

「ここは穴場ですね。人はいないし、草の質もいいし、ちょうどいい広さです。明日から僕もここを朝の散歩経路にしたいですね」

いやいや、だから、なぜ『僕も』？

ティアがフォルトゥーナとここに来るのが日課になっていると知らなければ出てこない言葉だろう。

——やっぱり、この人怖い。

体だけではなく心も引いた。その気持ちが顔に出たのに気づいたのか、ティアの顔を見たリクハルトは即座に話題を変えた。

「いい馬ですね。きちんと手入れされているし、足も速そうです。それに賢そう……」

話しながらフォルトゥーナに視線を移したリクハルトの言葉が途切れた。見ると、リクハルトはどこか不自然な笑顔でフォルトゥーナと見つめ合っている。睨み合っていると言ってもいいかもしれない。

その異様な雰囲気の意味は分からなかったが、フォルトゥーナを褒められると悪い気はしない。

飼い主である自分が見ても、毎日ブラシをかけている毛はつやつやとしていて健康的だし、顔立ちは精悍《せいかん》で、しかも足が速く持久力があり、何よりも頭が良いのだ。彼以上の馬なんてそうそういない、とティアは本気で思っていた。

男と雄、お互いに何か感じるものがあるのか、彼らは見つめ合ったまましばらく動かなかった。だがふいに、リクハルトがフォルトゥーナに向かって手を伸ばした。ティアは慌てて、リクハルトの手を押さえる。

「あまり近づかないほうがいいですわ。フォルトゥーナは私以外の人間に触られるのを極端に嫌がるのです。噛まれますわよ」

ティアの忠告に、リクハルトは面白そうに笑った。

「そうですか。やっぱり彼にとってあなたは特別というわけですね」

リクハルトは真剣な表情でティアをまっすぐに見つめてきた。

「僕もそうです。あなた以外の人間に触れたいとは思わないし、触られたくありません。この先ずっと、あなた以外の女性には触れないと誓いましょう」

そんな誓いはいらない。ティアはリクハルトとの未来を考えていないのだから。

するとリクハルトが、頬を赤らめたままモジモジとし始めた。急に何事かと眉をひそめたティアに、彼は思い切ったように切り出した。

「結婚の話、考えていただけましたか？」

本当に偶然かと疑いたくなるような再会だったが、話をしていれば必ず訊かれることだろうとは思っていた。ティアはその質問に答える前に、昨日のことを詫《わ》びる。

「昨日はあんな態度をとってしまい、大変失礼いたしました」

「僕は全然気にしていませんよ。それで、結婚してくれる気になりましたか？」

「お断りいたします」

重ねて問われ、ティアは間髪をいれずに頭を下げる。リクハルトのせいで頭を下げることが癖《くせ》になってしまいそうだ。

「こんな言い方は卑怯とは思いますが、侯爵としての申し出でも駄目ですか？」

リクハルトは小さく首を傾げ、ティアの瞳を窺《うかが》うように覗き込んできた。

大の男が小首を傾げても全然可愛くない。カリーナが同じことをすればきっと頷いてしまっただろうが、リクハルトがしたところでまったく心は動かされなかった。それに、父も断ると言っていたから、〝侯爵〟という地位に惑わされずに堂々と断れる。

「申し訳ございません」

「他に好きな男がいるのですか？」

「……いません」

いたことがありません。と答えなかったのは見栄《みえ》だ。しかし正直に答えたティアに、リクハルトは疑わしいとでもいうような視線を向けてきた。

「本当ですか？　それならなぜ、僕との結婚を躊躇うのです」

ずいっと身を乗り出すようにして近づいて来たリクハルトのしつこさにイライラし、ティアは疑問に思っていたことを尋ねてみることにした。

「なぜそんなにも私との結婚にこだわるのですか？」

リクハルトはその質問に、「何を今更」というような顔で首を傾げた。ティアは構わず言葉を続ける。

「私を利用して妹に近づくためなのではないですか？　そういう理由で近づいて来る方はたくさんいるのです。あなたも私を利用する気なのでしょう？」

表情をこわばらせたリクハルトを見て、ティアは、やっぱり……と苦笑を漏らした。

ティアに声をかけてくる男性はみんな、カリーナ目当てなのだ。カリーナがティアにべったりなので、将《しょう》を射《い》んと欲すれば先《ま》ず馬を射よとばかりにティアと仲良くなりたがる。求婚までされたのは初めてだし、そんなことまでしたら、カリーナに警戒されてしまうに違いないのだが、それでもカリーナに近づくための足がかりとでも思っているのだろう。

いつものことなのに、なぜか小さく胸が痛む。ティアは溜め息をつき、さっさとこの場から去ってしまおうと、帽子を被りフォルトゥーナの手綱に手をかける。すると、その動きを封じるように、リクハルトの大きな手がティアの手を包み込んできた。突然の温もりにティアの心臓がドクリと跳ねる。

「あなたに妹さんがいるのはもちろん知っています。……あなたのことはすべて調べさせてもらいましたから」

彼はそんな告白をしてきた。思わず睨むようにリクハルトを見ると、彼は思いがけず少し怒ったような表情で見返してきた。

「僕の言葉が誤解を生んでいたとしたら謝ります。ですが、僕は今あなたに求婚しているのです。確かに妹さんは美しいと言われていますね。でも僕はあなたのほうが美しいと思っています」

それは嘘偽りのない言葉に聞こえた。少なくとも、彼の瞳はそれが真実だと告げている。

しかし――。

「妹に会われたことはあるのですか？」

ティアは硬い声で問い返す。リクハルトは小さく首を振った。

「お会いしたことはありませんが、見かけたことはあります。よく街の菓子店にいますよね」

その答えに、ティアはふっと笑う。

「遠くから見ただけでは妹の魅力は分かりませんわ。会って話して笑顔を向けられたら、あなたの勘違《かんちが》いも分かっていただけるでしょう。妹は私よりも何倍も愛らしいのです。きっと、あなたの気持ちも変わることでしょう」

確信している、と告げると、リクハルトは今度は明らかにむっとしたように眉を寄せた。

「なぜ妹さんの話になるのです。何度も言いますが、僕はあなたを美しいと思っているのです。妹さんと見つめ合い、言葉を交わしたところで、心惹かれることはありません」

強い口調だった。きっぱりと宣言したリクハルトは、包み込んでいたティアの手をぐいっと引き寄せた。

「……っ！」

次の瞬間にはリクハルトの胸の中にいた。服越しにじんわりと彼の体温が伝わってくる。

「ほら、僕の熱が伝わりますか？　あなたがそばにいるだけで、あなたに触れるだけで自然と体が熱くなるのです。これが僕の気持ちです」

囁くような声が耳元でした。耳に彼の吐息がかかり、ぞわりと肌が粟立《あわだ》つ。

こんなふうに自分よりも大きな人間に包み込まれるのは何年ぶりだろうか。しかも相手は男性だ。胸が固いため、抱き締められても違和感しかない。ティアの胸の鼓動《こどう》がほんの少しだけ速くなった気もするが、きっと気のせいだろう。

「……離してください」

耳に聞こえてくる自分の声はひどく小さかった。それに、僅かながら震えている。父以外の男性に初めて抱き締められて、自分は動揺しているのだ。

「放したくありません」

吐息まじりのリクハルトの声が耳をくすぐる。

ティアは力ずくで抜け出そうと無理やり顔を上げた。瞬間、大きく目を見開いて硬直する。顔を上げたせいで、至近距離でリクハルトの顔を見ることになってしまったのだ。

なぜか泣きそうな顔をした彼は、頬を紅潮《こうちょう》させて瞳を潤《うる》ませている。一瞬、ほんの一瞬だが、その濡れた青い瞳が綺麗だと思ってしまった。

「ティア……」

名前を呼ばれたと思ったら、綺麗な瞳が急接近してきた。「もう我慢できない」という囁きが吐息とともに唇を掠《かす》めた瞬間、ふわりと唇を塞がれる。

昨日のキスよりもはるかに長い時間、唇が押しつけられている。体を拘束《こうそく》されているせいで抵抗らしい抵抗ができない。そのうちに、リクハルトの手はティアの顎《あご》をとらえ、強引に口を開かせた。ぬるりと湿った何かが口腔に入り込んで来る。

「……んんっ！」

初めての感覚に何が起こったのか分からず、ティアは思わず侵入してきたものに噛《か》みついた。

「……つっ……」

呻《うめ》き声とともに拘束していた力が緩む。その隙を逃がさずにリクハルトを突き放すと、腕を大きく振り下ろした。

バチーンッ！　とかなりいい音がした。ティアの手はじんじんと痛み、リクハルトの頬は昨日よりも濃い赤に染まっていく。彼の頬に手形がはっきりと浮かび上がったのを見て、ティアは頭を抱えた。

まただ。またやってしまった……！　なぜリクハルトが相手だとこうもあっさり暴走してしまうのか。

「あの……ごめんなさい」

これは、さすがの彼も怒るのではないか。リクハルトが怒っているようならばいくらでも頭を下げようと、ティアは恐る恐る彼を盗み見た。

けれどその顔を見て、罪悪感が消え失せるのを感じた。

ああ……忘れていた。彼は叩かれることに喜びを見出《みいだ》す人種だったのだ。見てはいけないものを見た気がして、ティアはさっと視線を逸《そ》らす。

「ああ……痛いなぁ……。とても痛い……」

痛い痛いと言いながら、リクハルトは嬉しそうだ。

「でも、この痛みはティアが与えてくれたものです。そう考えると僕はとても嬉しいのです」

ふふふ……と不気味な笑い声まで漏らし始めたリクハルトに恐怖を感じる。この人は大丈夫だろうか。侯爵であるはずだが、きちんと領地を治められているのか……それすら心配になってくる。

「そうだ。叩かれたことで思い出したのですが、あなたは昨日、なぜあんな場所にいたのですか？」

叩かれて思い出すなんて、ティアが毎回リクハルトを叩いているようではないか。

……実際に叩いているのだが、昨日も今日も彼の自業自得だと思う。

ティアは溜め息をつき、渋々口を開いた。隠すことでもないだろう。

「妹を捜していたのです」

「あんな場所で妹さん捜しですか。あの場にいた人間以外に、誰か見ましたか？」

「いえ……。あ、そういえば、茶色の布を抱えたひどく急いでいる感じの男性を見ました。私がいた場所とは反対側に行ってしまったので顔は見ていませんけど……。なぜそんなことを訊くのですか？」

素直に答えてから、ティアは不審に思ってリクハルトを見た。なんとなく尋問されているような気分だった。するとリクハルトは、ニッコリと微笑んだ。

「ティアのことは何でも知りたいんですよ、僕は」

それはそれですごく嫌だし、答えになっているようでなっていない。ティアが疑わしい眼差しを向けると、彼は肩を竦めた。

「実は茶色の布を抱えた男を僕も見たんですよ。挙動不審だったので気になってましてね。あのタイミングで現れたティアなら、その男を見たかもしれないと思ったんです」

だから訊いてみたんですよ、と彼は言った。それならまだ納得できる。しかしすべてを信用できるわけではなかった。興味本位でしている質問には思えなかったからだ。

「そういえば、あなたこそなんであんな場所にいたのですか？」

「仕事ですよ」

訊き返すと、リクハルトはさらりと答えた。

「仕事？　あなたは王の側近だと父から聞きました。あんな場所で男たちに囲まれることが仕事なのですか？」

怪訝《けげん》な顔になってしまったのは仕方がないと思う。王の側近が、仕事で一人路地裏を歩くだろうか。どうにも胡散《うさん》臭い。

「好きで囲まれたわけではありません。拾ったストールを落としてしまったので拾おうとしたところに彼らが現れて、難癖《なんくせ》をつけてきたのです」

だから躊っていたのか……と納得したものの、そのせいでカリーナと間違えてしまったではないか、と文句を言いたくなる。

「じゃあ、たまたまあそこを通っただけなのですか？」

ティアは質問を続ける。彼の胡散臭さは濃くなる一方だ。

胡乱《うろん》な視線を向け続けるティアに、リクハルトはなぜか嬉しそうに目を細めた。

「そんなに見つめられたら照れちゃいます。僕のこと、気にしてくれるのですか？」

なぜそうなるのだ。質問に答えずおかしなことを言い出したリクハルトに、ティアは顔を顰めた。

気になる。気になりはするが、それは決して彼がティアに求めているような感情ではない。怪しんでいるだけだ。そこは強調したい。

「それにしても、妹さんを捜していただけでは路地裏にまでは来ませんよね。あの先にあるのはあなたとは無縁の場所です。なぜあそこに？」

まだ話は続いていたらしい。答えなければこの不毛なやりとりは終わらないのだろう。

ティアはまた渋々答える。

「聖堂から妹の好きな菓子店へ行くには、路地を通ったほうが近いのです。奥へと向かったのは、そこで私の深緑色のストールがちらりと見えたからで、カリーナかと思って追いかけたらあんな状況で……」

あの時、ストールを持った人物を追いかけなければ、今こんなにも疲れた気分になることもなかったのに……と後悔している。

ティアが小さく溜め息を吐くと、リクハルトはぽんっと手を打った。

「ああ！　あれはあなたのストールでしたか！　すごいです。やっぱり運命ですよ。僕たちは出逢うべくして出逢ったのですね」

「偶然だと思います」

またしても〝運命〟だと言い張るリクハルトに、ティアはきっぱりと告げた。するとリクハルトは、なぜか声音を落とした。

「……あのストール、もしかして誰かからの贈り物ですか？」

どきりとした。ストール自体は贈り物ではないが、それに合うと言われてフランツから渡されたブローチのことを思い出したからだ。

ティアはすぐさま彼の問いを否定しようとしたが、言葉を発する前に、彼は思い出したように目を細めて言った。

「ああ……そういえば、あの後、男と一緒に歩いていましたね」

　ティアは何のことかと眉を寄せ、すぐに思い当たる。

　彼の言う〝あの後〟とは、昨日リクハルトから逃げ出した後のことだろう。ここまでの発言からして、リクハルトがティアを尾行していたとしても不思議ではない。

「それが何か？」

　ティアはリクハルトの求婚を受け入れたわけではないので、責められる謂《い》われはない。強気で言い返すと、リクハルトは、ストールの他に……と探るような目でティアを見た。

「彼から何か贈り物をされましたか？」

「……どうしてそんなことを？」

「いえ、僕も何か贈りたいと思ったのです。ライバルには負けたくないですからね」

　不審感をあらわにすると、リクハルトは取り繕《つくろ》うように微笑んで首を振った。厚かましくもフランツをライバル扱いだ。

「それで、何を贈られました？」

「あなたには関係ありません」

「関係ありますよ。僕もあなたに求婚しています」

　リクハルトは真剣な表情で見つめてきた。それを見返しながら、ティアは眉間のしわを深くする。

また『僕も』と彼は言った。彼は、ティアがフランツに求婚されたことも知っているのだ。いったいどこで見ていたというのか。かなりこちらの近くにいないと、あの時の会話は聞こえなかったはずだ。

ティアはぎろりとリクハルトを睨む。

「あなたはどこまで私のことを調べたの？　こそこそと探られるのは不愉快よ！」

乱暴な口調になっているのは分かっていたが、どうしても抑え切れなかった。それなのになぜかリクハルトは嬉しそうに笑った。

「そうやって感情をぶつけられるの、嫌いじゃないです」

「……」

なぜだろう。馬鹿にされているような気持ちになる。

怒りを受け止めてもらえないのは、こんなにももどかしいことなのか。

ティアはギリギリと奥歯を噛み締め、びしっとリクハルトを指差した。

「あなたのそういうところ、気持ち悪いわ！」

「そうですか。僕はあなたのそういうところ、すごくいいと思います」

気持ち悪いと指摘したのに笑って流されてしまった。

直球で怒りをぶつけても、変化球で返ってくる。こんなことは初めてで、どうしたらいいのか分からなかった。

なんだかすごく疲れるわ……。ティアが脱力していると、リクハルトが笑顔で手を握ってきた。

「もっといろいろな顔を見せてください」

「え……？」

「ティアの剝《む》き出しの感情は、全部僕に、僕だけに向けてくださいね」

甘い口調に頬が引き攣りそうになった時、繋いだ手に馬が鼻先を寄せてきた。先ほどまでゆったりと草を食んでいた黒毛の馬だ。

近くで見ると、その毛並みは香油《こうゆ》を塗った後のように艶やかなのが分かる。フォルトゥーナの毛並みも自慢できるほどに綺麗だと思っているが、艶やかさでは少々負けるかもしれない。

「彼女は僕の愛馬です。ヴェローチェといいます。仲良くしてくださいね」

ティアが凝視していたからか、リクハルトはわざわざ愛馬をティアのほうへと引き寄せながら紹介してくれた。そのおかげで手が離れ、ホッと息を吐く。

ヴェローチェは、リクハルトの言葉の後ちらりとティアを見た。あまり好意的ではない視線だ。しかしその濡れたような瞳は、飼い主と同様、とても綺麗だった。

「ヴェローチェは普段はおっとりしているのですが、いざという時には俊敏《しゅんびん》で足も速いのです。競走馬として買ったのですが、僕にしか懐かなかったので、僕専用の馬にしています。牝馬《ひんば》なので体力では負けるかもしれませんが、きっと速さではあなたの愛馬に勝つと思いますよ」

リクハルトはヴェローチェを撫《な》でながらそんなことを言った。

頬を撫でられて気持ち良さそうにしているヴェローチェを可愛いと思って見ていたティアは、彼の言葉を理解するのに少しの時間を有した。だが、理解すると同時にこめかみがピクリと動く。

「フォルトゥーナに勝つ、とそう仰《おっしゃ》いました？」

「ええ。言いました。フォルトゥーナは凛としてたくましい、確かに良い馬だと思いますが、少し臆病《おくびょう》なところがあるように思いますね。ヴェローチェを前にして落ち着かない様子だし、先ほどあなたが走らせているのを見ましたが、砂を浴びるのを嫌っている様子が見受けられました。あなたがそのように走らせていたのかもしれませんが、少々冒険心が足りないのでは？」

「フォルトゥーナよりもあなたの馬のほうが格上だと……？」

「ええ」

ひどく不自然な笑顔で首を傾げたティアに対して、リクハルトは自然な笑みで頷いた。

ティアの心に沸々《ふつふつ》と対抗意識が湧き出していた。親心というか飼い主心というか、とにかくうちの子が一番だと思うのだ。

「あなたのおっしゃるとおり、少々臆病かもしれませんが、フォルトゥーナの一番の自慢は足の速さなのです。きっとあなたの馬にも負けませんわ」

「それなら、競争をしませんか？」

競争。その言葉にティアは心が惹《ひ》かれた。

実は、まだ競争というものをしたことがないのだ。軽く流して走るだけなら牧場でもできる。そこではフォルトゥーナが一番速かった。だから彼の足の速さには自信はあるが、全力疾走した時にどれほど他の馬と差があるのかを知りたいと思った。

ティアが興味を示したのが分かったのか、リクハルトはひらりと軽い身のこなしでヴェローチェに跨《また》がった。

「ついてきてください」

促され、ティアは素直にフォルトゥーナに乗ってリクハルトの後を追った。着いたのは、森の入り口だった。一本の幅広い道が森の中をまっすぐに通っている。

「この先は私有地になりますが、僕は入る許可をもらっているので安心してください」

言われて気づいたが、確かに道の脇に看板が立っていた。

リクハルトは道の先を指差す。

「この道をまっすぐ行ったところに湖があります。見て分かるように、広くてまっすぐな道ですから、馬が二頭並んでも余裕がありますよね」

そこまで聞いて、彼の意図していることが分かった。

「その湖まで競争するということですね」

「はい。湖の手前、林道の終わりをゴールとしましょう。やりますか？」

ヴェローチェの首を撫でながら、リクハルトはニヤリとティアを見た。勝利を確信しているかのようなその表情に、闘争心が一気に燃え上がる。しかし――。

「それで、僕が勝ったら結婚してください」

ティアが返事をする前にリクハルトがそんな条件を突きつけてきたせいで、途端にやる気が萎《しぼ》んだ。

「またそんなことを……」

冗談で済ませてしまおうとしたが、口調のわりに彼の目が真剣だったので、こちらも真面目に答えなければと思い直す。それにしてもなぜそこで〝結婚〟になるのだろうか。この男の思考は理解できない。

「それは、お約束できません」

冷たく言ったティアに、リクハルトは、そうですか……と残念そうに俯いた。

「それは、フォルトゥーナよりもヴェローチェのほうが優れていると認めたということですよね？」

「え？」

思わず、低い声が出てしまう。

「だってフォルトゥーナのことを信じていれば、ティアの勝ちは確実なのですから。その自信がないから勝負をしないということですよね？」

残念です、とリクハルトは小さく溜め息を吐いた。

「自信はあります。ものすごく」

咄嗟《とっさ》に言い返すと、リクハルトはきらりと目を光らせた。

「それなら、勝負します？」

ん？　と首を傾げてティアを見るその顔が憎《にく》たらしい。

これはリクハルトの心理誘導だということは分かる。彼はティアを焚《た》きつけたいのだ。

——分かってはいるけれど……。

ティアは眉間にしわを寄せ、目を瞑った。

フォルトゥーナはティアにとって半身のような存在だ。そんな彼の力を信じていないというような言い方をされては黙っていられない。それに、ここで断ってもまた違う手で結婚を迫ってくるかもしれない。

心を決めたティアは瞼を開け、リクハルトと視線を合わせて大きく頷いてみせた。

「いいですわ。その代わり、私が勝ったらもう二度と私の前に姿を現さないでくださいね」

ティアは〝結婚〟という人生を賭けるのだ。それならこれくらいの条件は当然だろう。

そんな気持ちでリクハルトを見ると、彼は笑みを浮かべたまま首肯《しゅこう》した。

「いいですよ」

その顔は自信に満ちている。もちろん、ティアも彼と同じような顔になっているに違いない。

「絶対に負けませんわ！」

力強く宣言したティアに、リクハルトは満足そうに微笑んだ。

スタート地点は、森の入り口にある看板を目印とした。そこに線を引き、フォルトゥーナとヴェローチェが並ぶ。

「無理はしないでくださいね」

「それはこちらの台詞です」

お互いに好戦的に視線を交わし、勝負に向けて呼吸を整える。

ティアは手綱を短く持ち、鐙に浅く足を入れてつま先に体重を移動し、軽く腰を浮かせた。そして深呼吸をして肩の力を抜く。走らせるためには脚の内側に力を入れるが、それでもなるべく体から力を抜かないと馬とは一体になれないのだ。

「準備はいいですか？　僕が石を投げて地面に落ちた瞬間がスタートです」

「ええ」

隣から聞こえてくる声に、ティアは短く答えた。フォルトゥーナに小さく声をかける。

「行くわよ、フォルトゥーナ」

ティアの声に呼応するように、フォルトゥーナは前足で地面をかいた。ティアと同じように彼も興奮しているのだ。こんな勝負をするのは初めてで、どこかで嬉しいと感じている自分がいる。

「では、行きますよ」

そう言ってリクハルトの投げた石が地面についたところで、二頭はスタートを切った。

俊敏だと言っていたとおり、ヴェローチェは滑り出しが速い。頭一個分先を走るヴェローチェを追うように、フォルトゥーナは駆けた。

首を前に伸ばして飛ぶように走るフォルトゥーナから落ちないように、ティアは姿勢を低くした。

だいぶ明るくなってきたとはいえ、まだ朝の早い時間だ。道はひらけていても、周りに生えている木々のせいで明るさは十分ではない。じっと目を凝らして前を見据える。

冷たい風が頬を刺すが、そんなことは気にならないくらいに爽快《そうかい》な気分だった。

ティアは、フォルトゥーナの上から見る景色が好きだ。流れる景色も、風を切るような疾走感も、そのすべてが胸を熱くしてくれる。

しかし今日は楽しんでばかりもいられない。これは勝負なのだ。

気を引き締めたティアの目に、小さく湖らしきものが見えた。水面が朝日を反射しているのか、キラキラと輝いている。

林道の終わりは湖の手前だ。ティアは手綱を握り直し、速度を上げた。

やはり体力ではフォルトゥーナのほうが上らしく、それまでほんの少し遅れていたフォルトゥーナがヴェローチェと並び、すぐに追い抜かす。しかし突き放すことはできなかった。

ゴールは目前に迫っていた。このまま行けばティアの勝利は確実である。

──やったわ。

だが、その油断がいけなかった。緩い上り坂になっていたので見えなかったが、ゴール手前にぬかるみがあったのだ。

「あ……！」

気づいた時には遅かった。突然現れたそれを飛び越えることができず、足を取られたフォルトゥーナは失速した。

跳ね上がった泥が目に入りそうになり、ティアも反射的に瞼を閉じる。直後、ビチャリと泥が顔にかかり、急いでそれを手の甲で拭ってから瞼を開けた。その時にはすでにヴェローチェに追い抜かされていた。

フォルトゥーナは失速したまま湖のだいぶ手前で止まってしまった。

ティアはのろのろとフォルトゥーナから降りる。

見ると、フォルトゥーナだけでなく、ティアの服も泥で汚れていた。

「大丈夫ですか？」

ゴール地点を過ぎて湖手前で止まったヴェローチェから降りたリクハルトが近づいて来る。彼もヴェローチェも泥を被っておらず綺麗なままだ。あの状況で冷静にぬかるみを飛び越えたのだろう。

リクハルトはポケットから取り出したハンカチでティアの顔の泥を拭《ぬぐ》ってくれた。

勝負に負けた上、泥だらけになった。こんな無様な格好はひどく恥ずかしかった。

ティアは顔を上げ、服の汚れまで拭ってくれているリクハルトを見た。すると彼は、手を止めて微笑んだ。

「いい勝負でしたね」

「はい」

ティアは素直に頷く。こんな姿を見てもリクハルトの態度は紳士的だった。認めたくないが、彼はティアよりよほど大人だ。

リクハルトの言ったことは正しかったのだ。これまで危ない道を避けてきたから、フォルトゥーナはぬかるみに対処できなかった。

そしてそれはティアも同じかもしれない。これまで淑女として正しい生き方をしてきたつもりだった。けれどだからこそ、リクハルトのような人に出会った時にうまくあしらうこともできない。

初めて、自分の未熟さに気がついた。

「結婚、してくれますよね」

「は……」

流れでつい頷いてしまいそうになったが、すぐに言葉の意味に気づいて慌てて口を噤《つぐ》んだ。

その場のノリで結婚を承諾したくはない。しかし顔を覗き込むようにしてリクハルトが凝視してきたため、ティアは渋々口を開く。

「…………そういうお約束でしたから」

少し間を空けてしまったのは、結婚云々《うんぬん》よりも敗北したことを認めるのが嫌だったからだ。

けれど負けは負けだ。潔くそれを認め、提示された条件を呑もうと決意を固める。

嫌だけど。本当はすごく嫌だけど。

リクハルトは、目の前にある湖と同じように青く綺麗な瞳を煌《きら》めかせて弾む声で言った。

「それではさっそく、ムーアクロフト子爵の承諾を得てきましょう」

その満面の笑みが眩しすぎて、ティアは目を細める。

――お父様が反対したら結婚はなかったことになるのかしら。

潔《いさぎよ》く決意したはずなのに、そんな淡い期待を持ってしまったのは、相手が痛めつけられて喜ぶ変態と知っているからだ。

不安な気持ちでリクハルトの言葉に頷きながら、ティアはリクハルトとの縁談を渋っていた父のことを思い出していた。

三章

ティアは、閉じていた瞳をそっと開けた。

採光《さいこう》用の高窓から太陽の光が差し込んでいる。薄暗い視界の中、その柔らかな明かりが、正面にある祭壇を神々しく輝かせていた。

この静謐《せいひつ》な雰囲気は、いつだって心を落ち着かせてくれる。

週に一度、ティアはこの厳《おごそ》かな雰囲気の聖堂で静かに祈りを捧げている。ここに来ると、何もかもが赦されるような気分になるのだ。

家族の期待も、それに応えようとする自分も、すべてを忘れて心穏やかに過ごすことができる。

勝負に負けて結婚を承諾した日以降、一週間以上もリクハルトからの連絡はない。彼はティアの父に結婚を許してもらうと息巻いていたが、いったいどうなったのだろうか。

相変わらず忙しそうにしている父とは一昨日の朝に一度だけ顔を合わせたが、リクハルトのことを尋ねようとすると、慌てたように仕事に出かけてしまった。だからティアには状況が分からなかった。

このままだと、あの日リクハルトと結婚すると決めた心も揺らいでしまいそうだ。

……直後から少しだけぐらついてはいたが。

「大丈夫、大丈夫」

自分に活《かつ》を入れるため、パンッと両手で頬を叩く。

「笑顔、笑顔」

ゆっくりと目を閉じて小さく息を吐き、弱気な気持ちは心の奥に閉じ込める。外で待っているカリーナに、不安な顔をしている自分を見せたくなかった。

きつく目を閉じたまま、何度か深呼吸を繰り返す。いつものようにだんだん心が落ち着いてくる……はずが、落ち着こうとすればするほど、怒りが沸き起こってきた。

思い返せば、最初からあの男には振り回されどおしだったのだ。

初めてのキスを奪われ、わけのわからない求婚をされ、偶然とするには不自然な再会をし、再びキスをされ、勝負を持ちかけられて――そしてティアは負けた。

駄目だ。あの敗北を思い出すと落ち込む。そしてそれと同じくらい、傍若無人《ぼうじゃくぶじん》なリクハルトに対する憤りが込み上げてくる。

あれほどしつこく求婚してきて、いざ承諾したら今度は放置だ。釣った魚に餌《えさ》はやらぬということか……。

しかし冷静に考えてみれば、リクハルトは出逢ったその日に求婚してきた。そして翌日にはティアがそれに頷いて……。

――もしかして、からかわれただけだったりして。

嫌な考えに行き着いてしまった。

カリーナに一目惚《ひとめぼ》れした男ならいくらでも知っているが、ティアに一目惚れした男なんて今までに一人もいない。彼はティアの勇敢な姿がいいのだと言っていたが、本当にそんなことを思う男なんているだろうか。

もしかしたら、リクハルトのあの行動のすべてが演技だったのかもしれない。ティアを油断させ、信じ込ませ、その様子を見て楽しんでいたのだとしたら？

――最低な男だわ。

眉間にしわが寄る。勝手な想像ではあるが、あながち間違ってもいないような気がして、胸の中で渦巻いていたもやもやが全身を侵食《しんしょく》していった。

そうだ。やはりからかわれたのだ。

ティアの頭の中は、その考えで占められていく。

もしかしたらティアは、初めての求婚に舞い上がっていたのかもしれない。自分では冷静な判断ができていると思っていたが、実は相当浮かれていて、リクハルトの邪悪な気持ちを見抜けなかったのかもしれなかった。

落ち着こうと思って目を瞑ったのに、暗い視界の中では精神がどんどん闇に落ちていく気がする。ティアは眉間のしわを深めながらも、気持ちを切り替えようと目を開いた。

瞬間、ビクリと動きが止まる。なぜか視界が赤一色になっていたからだ。

祭壇のほうを向いて目を閉じていたはずだから、目の前にあるのは柔らかな明かりに照らされた祭壇でなければならない。それなのになぜ、真っ赤な薔薇の花が視界を塞いでいるのだろう。

「お待たせしました」

花が喋った。そんなことはあるはずもないのだが、一瞬そんなおかしなことを考えてしまうほど、混乱していた。

事態を呑み込めずに大きな薔薇の花束をじっと見つめていると、突然それが視界から消えた。

「迎えに来ましたよ、僕のお姫様」

その言葉に、ティアは飛び上がるように椅子から立ち上がる。

いつの間に聖堂に入って来たのか、目の前に、黒のフロックコートをまとった〝彼〟が、澄んだ海のように綺麗な瞳を嬉しそうに細めていた。

「リクハルト……」

「久しぶりですね、ティア。会えなくて寂しかったです」

親しげに名前を呼んだ彼は、大きな薔薇の花束を差し出してきた。ティアはそれを受け取らずに訝しげな視線を向ける。

本当に、久しぶりだ。一週間以上も連絡もなく放置されていたこちらとしては、今更……という気持ちが強い。

けれど彼は悪びれる様子もなく、期待を込めた眼差しを向けてくる。その目は、飼い主に褒められるのを待つ犬に似ている気がした。

ティアは大きく息を吸い込むと、にっこりと笑みを作った。

「なぜここにいらっしゃるのですか？」

いつもどおりの声を出したつもりだったが、若干低くなってしまったかもしれない。

しかしリクハルトは気にする様子もなく、得意げに言った。

「ティアのことは何でも知っているんです、僕」

予想とは違う答えが返ってきて、ティアは作り笑いを浮かべたまま首を傾げた。

なぜここに来たのかを訊いたのであって、なぜ自分《ティア》がここにいるのを知っているのかを訊いたわけではないのだが。

質問の意味が通じなかったのはよしとしよう。しかし、今彼は『ティアのことは何でも知っている』と言わなかっただろうか？　それは、ティアがどこで何をしているのかを常に把握しているということだろうか。

彼の言葉に薄ら寒いものを感じ、ティアは頬を引き攣らせた。

「それは、私のことを監視しているという意味ですか？」

「監視ではないですよ。見守っているだけです」

リクハルトの笑みが穏やかであればあるほど、恐ろしい気持ちになるのはなぜだろう。言葉を換えたところで、監視は監視だ。言い返してやりたいのに、なぜか言葉が出てこない。

するとリクハルトは、再び薔薇の花束をティアへと差し出した。

「ティアはあの日、あの男から薔薇を受け取っていましたよね。だから僕も対抗して、薔薇を持ってきました」

あの男というのは、フランツのことだろうか。対抗して、という言葉どおり、差し出されたのはあの時とは比べものにならないほどの大量の薔薇の花である。

しかしリクハルトは勘違いをしている。あの日あの薔薇をもらったのはカリーナであって、フランツはカリーナが花屋からもらったそれをティアに渡してくれただけだ。

――それにしても、そんなところまで見ていたのね、この男は。

改めて、リクハルトの恐ろしさを実感した。

「受け取ってください」

ぐいぐいと押しつけるように渡され、ティアは渋々受け取った。量が多いので、抱え込まなければ落としてしまいそうだ。

「似合いますよ、ティア」

ニコニコと満足そうにリクハルトは笑う。薔薇が似合うのはカリーナのほうだと思うが、彼が満足なら何も言わずにありがたく受け取っておこう。花に罪はないのだ。

そこで突然リクハルトが跪《ひざまず》いた。そしておもむろに薔薇を持ったままのティアの手を両手で包み込む。

「え……?」

驚きで目を丸くしたティアを熱い眼差しで見上げ、リクハルトは甘い声で言った。

「時間がかかってしまいましたが、結婚の準備が整いました。今から大聖堂へ宣誓をしに行きましょう。それが終わったら、僕の屋敷で一緒に暮らすのです」

断られるとは微塵も思っていない顔だ。

確かに、この国での貴族の結婚は、国王から許可を得られさえすれば、王都にある大聖堂で宣誓し、そこで宣誓書にサインをすれば認められる。彼の手順は間違っていない。しかし花嫁に何の予告もなく、というのはあり得ないだろう。

彼は冗談を言っているに違いない。だから笑い飛ばそうとしたのだが、一度逸らした視

線を改めて合わせてみて、彼が大真面目であることを悟った。

ひとまず、訊くべきことを訊いてみる。

「このままですか？」

「はい」

「私の準備は？」

「必要ありません。すべてこちらで用意しましたので、身一つで来てください」

そんなことを言われて、「はい、そうですか」と言ってついていく人間がいるだろうか。

何の連絡もなく放っておかれたあげく、突然宣誓をしに行こうとは。結婚当日に迎えに来るなんて非常識にもほどがある。

ティアがどう思うかなんて、彼はちっとも考えていない。最初から自分勝手な男だと感じていたが、これほどまでとは思わなかった。

「私が行きたくない、と言ったらどうされますか？」

「攫《さら》って行きます」

本当に実行しそうで怖い。

ティアが押し黙ると、途端にリクハルトはふっと目を細めた。

「でも、そんな強硬手段に出なくても一緒に来てくれますよね？　ティアは一度した約束を反故《ほご》にするような人ではありませんから」

ずるい。そんな言い方をされたら行くしかない。

リクハルトはティアが思っているよりもずっと、ティアの性格を理解しているらしい。

そのことを喜ぶべきか、疎《うと》むべきか……。

ティアは軽くリクハルトを睨む。

「……分かりました。一緒に行きます。ですが結婚式をするならするで、どうして私に連絡をしてくれなかったのですか？　私にだって準備があるのです」

文句を言うと、彼は、そんなことは気がつかなかったとでも言うかのような顔で謝った。

「それは申し訳ありません。あなたの気が変わらないうちにと、性急に事を進めてしまいました。ですが、ティアが生活に不自由しないようにと、いろいろと揃《そろ》えましたから安心してください。もし足りないものがあればすぐに用意しますから」

不自由しないようにと言っても、この短期間でどれほどのものを用意できたというのだろうか。確認するために、ティアは生活に必要なものを挙げていく。

「まず、着替えが必要だわ。私は構わないけれど、毎日同じドレスだとあなたに恥をかかせてしまいますから」

「ティアが普段着ているのと同じようなものを作らせました。しばらく着るものに困らない程度には用意してありますし、これからもっと増やしていきますから安心してくださ
い」

「でも香油はあるかしら？　私、香りには敏感なほうで、好みと違うものだとくしゃみが出てしまって……」

「もちろんあります。ティアの好みは把握していますから大丈夫ですよ」

「手慰みに刺繍をしたいのだけど……」

「ティアはあまり細かい作業が得意ではないですよね。だから今は必要最低限の道具しかありませんけど、足りないものがあれば教えてください。すぐに揃えます」

「鏡……」

「お気に入りのものと同じものを取り寄せました。その他にも生活に必要なものはひととおり揃っています。だから安心して一緒に来てください」

即座に返され続け、ティアは不機嫌な顔を保てなくなった。彼が言葉を重ねれば重ねるほど、ティアの顔から表情が抜けていく。

この男は、ティアの好みだけではなく得手不得手《えてふえて》までをも把握しているのだ。出逢ってまだそんなに経《た》っていないというのに、これほどまでにティアのことを調べ上げた彼の情報収集力には戦慄《せんりつ》を覚えずにはいられない。

――いったいどこから情報を得ているのかしら。

確かに刺繍は苦手だった。しかし淑女には必須なことなので毎日頑張って取り組んでいるし、周りの人間には苦手だと悟られない程度には出来はいい……はずだ。

さらにお気に入りの鏡の存在まで知られているとは……。古いものなのに、それと同じものを取り寄せられることにも驚いた。

そこでふと一番大切な存在を思い出した。

「フォルトゥーナは？」

「今頃、我が家の厩舎に移動し終えた頃でしょう。彼にも最高のおもてなしをさせていただきますよ」

そこまでされていると、もう何も言うことがなくなってしまう。悔しい気持ちでリクハルトの手を振り払い、ハッと気づく。

「そうだわ。父は何て？　父が簡単にあなたとの結婚を許すとは思えないわ」

父は、大事な娘をリクハルトに嫁がせたくないと言っていた。だから、そう簡単に承諾するとは思えなかった。

「快諾してくださいましたよ」

「本当に？」

そんなはずはない。と言い切りたかったが、リクハルトの顔があまりにも自信満々だったため、途端に気持ちが萎んでいく。

「はい。ティアを幸せにしてくれなかったら恨む、と応援されました。これが証拠です」

リクハルトは胸ポケットから紙を取り出した。それを開いてティアに見せる。

そこには、『結婚を承諾する』という文章とともに父のサインが書かれてあった。確かに父の字だ。いつもきっちりとしている父にしては乱れているようにも見えるが……。快諾というのはリクハルトの思い違いだろう。しかし、どんな手を使ったのか分からないが、承諾は本当にもらってきたようだ。

「……そう」

悪あがきは無駄のようだ。

リクハルトと結婚したいかどうかは正直よく分からない。けれど、彼の言うとおり一度した約束を反故にはしたくないという気持ちはある。それに、父が承諾したのならもう後はない。

ティアは、笑顔で見上げてくるリクハルトを改めて見やった。

連絡もなく放置された怒りは消えないが、リクハルトが本当にティアと結婚する気だったと分かり、安心している自分がいることに気づく。

カリーナではなく、自分を求められたことは純粋に嬉しかった。たとえ相手が変態でも。

――彼を信じてもいいのだろうか。

ティアはリクハルトから視線を外し、これまで誰にも言ったことのない願い事を思い切って口にした。

「私は……父の決めた結婚をするとしても、時間をかけてお互いを知り、愛し愛される関係を築きたいというのが密かな夢だったのです」

「素敵な夢ですね」

馬鹿にすることなく、リクハルトは優しい声で肯定してくれた。

すぐには難しいだろうが、彼とだったら、そういう関係が築けるのかもしれない。

ティアははにかみ、視線をリクハルトに戻す。すると彼は、柔らかな笑みを浮かべてティアに手を差し伸べてきた。

「一緒に来てくれますね」

ティアは頷きかけ、「あ」と声を上げて薔薇の花束をリクハルトに押しつけた。

「少し待っていてください。カリーナ……妹と一緒に来ているので、あの子を家に帰さないと」

言ってから、もしかしてカリーナもすでに家に帰しているのではと思い、リクハルトの返事を待つが、それに対する答えはなかった。

そこで彼の瞳がティアの胸もとに向けられているのに気づき、ティアも視線を落とす。

そこには、フランツから贈られたブローチがあった。今日彼に返すために持ってきていたのだが、馬車の中でそれを目ざとく見つけたカリーナに「つけてみせてほしい」とねだられ、つけたまま忘れてしまっていた。

「このブローチ、フランツ・シュラールからの贈り物ですか？　彼はなかなか裕福な暮らしをしているみたいですね」

「どういうことですか？」

「これ、かなり高価な品ですよ。神官長の息子が買うには高級すぎるくらいです」

ここまで来るともう驚かないが、リクハルトはフランツのことも調べていたようだ。しかしそれよりも、フランツからもらったブローチが高級品だと言われて驚いた。

一見、どこにでも売っているようなブローチだ。作りが少々古風な気もしたが、一昔前の流行がまた巡ってきたのだと思っていた。

もしかしたら、彼の母か祖母から引き継いだものなのかもしれない。やはり、安易に受け取るべきではなかったのだ。それを聞くとなおさら自分が持っているのは気が引ける。

リクハルトとの勝負に負けた翌日、返そうと思って聖堂に来たが、フランツには会えなかった。以前は礼拝に来るたびに会えたのに、なぜかずっとフランツは姿を現さなかった。

今からフランツに会えるだろうか。チラリと扉に視線を向けると、リクハルトがティアの手を取った。

めずらしいことにあまり機嫌が良さそうではない。小さく溜め息をついた彼は、ティアの甲にそっと唇を落とした。

「本当は行かせたくないのですが……行って来てください。待っています」

手の甲にキスをしながらの上目遣いはひどく色っぽくて、ティアは一瞬目を奪われた。

しかしそれを悟られたくなくて、すぐに彼の手から自分の手を乱暴に抜き取る。

「カリーナを家に帰したらすぐに戻りますから」

早口で言って、ティアは聖堂を出た。

外に出てすぐ、馬車へと向かう道の途中でカリーナを見つけた。彼女の隣には、フランツがいる。ちょうど良かったと思いながら、ティアは足早に二人に近づいた。

「カリーナ」

声をかけると、カリーナが嬉しそうに駆け寄ってくる。その手には砂糖菓子の入った袋が握られていた。

「カリーナったら、またフランツに買ってもらったのね。きちんとお礼は言ったの？」

もう！　と呆れ顔で見ると、カリーナは、えへへ……と可愛らしく小首を傾げた。少しも悪いと思っていない顔だ。

「ええ、言ったわ。私、フランツのこと好きよ。何でも買ってくれるんだもの」

満面の笑みでそんなことを言い放つカリーナに、ティアは困惑《こんわく》する。他人に貢《みつ》がせることが当然だとでも思っていそうな妹の将来が、今更ながら心配になってきた。

周りの人に愛されて、世話を焼いてもらえるのはとても幸せなことだ。それはカリーナの魅力あってのことだし、悪いこととは言い切れない。この屈託《くったく》のなさがカリーナの良いところでもあるとティアは思っていた。けれどそれを当たり前のように思ってほしくはない。どう伝えるべきか、ティアは真剣に悩んだ。

しかしそんなティアの気持ちも知らずに、カリーナは買ってもらった焼き菓子を食べながら無邪気に言う。

「お姉様はフランツと結婚すればいいのに」

「それは……」

できないのだと言う前に、フランツが表情を暗くした。

「そういえば、ティア。変な噂を耳にしたんだけど……」

そう切り出した彼の声は、表情と同じで暗い。良くない噂であるのは彼を見れば分かった。

「何の噂？」

問うと、フランツは言いづらそうに口を開いた。

「君がキーツ侯爵と結婚するって聞いたんだ」

思いがけない内容に、言葉がつまる。

ティア自身、本当にリクハルトと結婚することになったと確信したのがつい先ほどのことなのに、もう噂になっているのか。

「本当なのか？」

フランツの表情はいつになく硬い。

リクハルトとの勝負に負けて結婚することになったなどと、とても言える雰囲気ではなかった。

何と言っていいのか分からずにティアが黙っていると、フランツは小さく溜め息を吐いて呟いた。

「本当なんだな」

こんなにも厳しい顔をしたフランツは見たことがなかった。

ティアが小さく頷くと、彼は眉間のしわを深くした。そしてしばらく黙り込んだ後、静かに切り出した。

「こんなこと、本当は言いたくないんだけど。あの侯爵はあまりいい噂を聞かないから、関わらないほうがいいと思う」

「え？」

フランツは神官長の三男で、社交界にはそんなに顔を出していないはずだ。その彼にまで届く噂とはいったいどういうものなのだろうか。

ティアの知るリクハルトは、無遠慮に人のことを嗅《か》ぎ回り、何を考えているのか分からない不気味さがあり、強引で自分勝手、そして何よりも思い込みが激しい変態、ということくらいだ。

……十分悪人ではないか。彼が周囲から敬遠されるのも分かるような気がした。

「俺は、ティアは少しは俺のことを好きでいてくれると思っていたし、爵位なんて関係なく人を見てくれると信じていた。だからまさか、こんなふうに裏切られるとは思っていなかったよ」

悲しそうな眼差しで、フランツはそんな告白をした。

「フランツ……」

大事な友人である彼にこんな顔をさせてしまって心が痛む。彼のことは決して嫌いではないのだ。

「キーツ侯爵は王のお気に入りだからといって好き勝手やっているらしいじゃないか。それに裏の世界の人間と通じてるって噂もある。権力があるから捕まらないだけだ」

ハッ……と吐き捨てるようにフランツは言った。

ティアはその様子に少し驚いた。フランツが人の悪口を言うなんて思わなかった。今まで、彼は誰にでも優しく平等に接していたからだ。

それに、リクハルトがそんなふうに噂されていることを初めて知り、複雑な気分にもなった。

「俺のほうがティアを守れるし幸せにできるよ。だから……」

「フランツ、ごめんなさい」

フランツの言葉を遮《さえぎ》るようにして、ティアは頭を下げた。

たとえリクハルトがフランツの言うような人間だとしても、約束は約束だ。それを破ることはできない。

すると、それまで黙って聞いていたカリーナがティアの腕を摑んだ。

「お姉様、どうして？　フランツを選んでよ」

お願い、といつものように首を傾げておねだりをしてくるカリーナに、ティアは小さく首を振った。

「ごめんなさいね、カリーナ。私はフランツを選べないの。……フランツ、これ、あなたの家に伝わる大事なものだったのではない？」

いつもならカリーナのお願いを聞いてしまうティアも、これぱかりは頷けない。ティアは胸もとにつけていたブローチを外し、フランツへと差し出した。

「とても高価なものなんでしょう？　あなたの求婚を受け入れられない私が持つべきものではないと思って……」

「え？」

ティアの手の中にあるブローチを見つめ、フランツは眉をひそめた。ティアはもう一度頭を下げる。

「こんな形で返すことになって本当に申し訳なく」

謝罪が途切れたのは、目の前に第三者の手が伸びてきたからだ。その手が、ティアからブローチを奪う。

「一度男からもらった物を返すのは失礼ですよ、ティア」

ニコリと笑ってブローチを振ってみせたのはリクハルトだった。

待っていると言っていたくせに、結局出て来るのか。しかも押しつけたはずの薔薇の花束を持っていない。どこに置いてきたのだろう。

ティアはリクハルトを軽く睨んでブローチを取り返そうとしたが、彼はひらりとそれをかわす。

「お姉様、こちらの方は？」

いきなり現れたリクハルトを警戒する様子でティアのドレスを摑んだカリーナが、不安そうに見上げてくる。

カリーナを安心させるため、ティアはなるべく明るい口調で紹介した。

「リクハルト・キーツ侯爵よ。ご挨拶して」

するとカリーナは、優雅にスカートを摘《つま》み上げた。教育係の指導の甲斐《かい》あって、完璧な挨拶だ。

カリーナの成長を誇らしい気分で眺めてから、ティアはリクハルトに二人を紹介する。

リクハルトは二人に向かって素っ気無く頷くだけの挨拶を返した。その態度に、カリーナとフランツは目を丸くする。

リクハルトの態度はどこか冷え冷えとしている。彼はカリーナと目が合っているというのに、景色でも眺めているような様子だ。彼女をこんなふうに見る人間は初めてだった。

カリーナは怯《おび》えたようにティアの背に回りこんだ。

「大丈夫よ、カリーナ。侯爵は怖い人ではないわ。……多分」

彼女が感じているのとは違う怖さなら何度か感じたことがあるティアは、彼が怖くはないとは断言できなかった。

「それはティアにあげたものだ。ブローチを返してください」

ティアがカリーナを気にしている間に、フランツはリクハルトと睨み合っていた。

「贈ったものを返されたら男の面目《めんもく》丸つぶれですよね。それとも、高級品だと知って取り返したくなりましたか？」

リクハルトは意地悪くフランツを見た。フランツはギリリと歯を食いしばる。

以前どこかで、下の爵位の人間に意地悪する貴族を見たことがある。会話の内容は違うが、あの時と同じような状況だ。

今のやりとりを見ていたら、リクハルトが悪く言われているのも無理もないことだと思った。

「お姉様、私……怖い」

カリーナが不安そうな声を出すので、ティアはくるりと後を向き、怖がる彼女を抱き締めた。

不穏な空気を漂わせる二人を、まだ十三歳のカリーナが怖がるのは仕方がない。ティアだって、いつもと違う二人に戸惑っているのだ。

「ねえ、やっぱりお姉様はフランツと……」

目に涙を浮かべ、カリーナが再度訴えかけてきた。彼女のこの顔に弱いティアは、ぐっと言葉につまってしまう。

「ティア、行きましょう。時間がありません」

急かされて振り向くと、リクハルトが笑顔でティアの肩に手を置いた。

「でも……」

「ティアは僕と結婚するんですよ。この後すぐに式を挙げるのです」

ティアに言い聞かせているというよりは、フランツと結婚してほしいと懇願するカリーナに言っているようだった。

その言葉に、カリーナはすぐに反応した。

「私、そんなの聞いてないわ！　それに、式にも呼ばれてない！」

「あなたは式に呼んでいませんから。来るのはティアのお父上だけですよ」

「どうして？」

思わず、といった様子で、カリーナはティアの後ろから飛び出した。そんなカリーナを見下ろし、リクハルトは冷たく言った。

「必要ないと判断しました」

カリーナは大きな瞳をさらに見開き、信じられないという顔をする。きっとティアも同じような顔をしているだろう。そんな話、ティアだって聞いていなかったのだから。

それはどういうこと。そんな言い方はないでしょう。言いたいことがたくさんありすぎて、ぐるぐると頭の中で渦巻《うずま》く。

その時、カリーナの目から大粒の涙が零れ始めた。

「……っ！」

ポロポロと流れる涙を見て、ティアの思考は停止した。

カリーナは滅多に泣かない。周りが泣かせないように機嫌をとっているのもあるが、彼女自身が必死に我慢をしていることも多いのだ。ティアが泣かないせいか、カリーナは泣くことを恥だと思っているふしがある。そのカリーナが、泣いた。

「お前……！」

先に怒りをあらわにしたのは、フランツだった。

フランツはリクハルトに向かって拳《こぶし》を振り上げた。それを見たリクハルトは素早くティアを放し、一歩前に出る。

自由になったティアが咄嗟にカリーナを抱き締めた直後、フランツの拳が振り下ろされた。一瞬、リクハルトは踏みとどまったように見えたが、その次の瞬間、大袈裟《おおげさ》にも思えるくらいに勢いよく地面に倒れた。

それはあっという間の出来事で、ティアは止めることも庇《かば》うこともできなかった。

倒れたリクハルトを睨みつけながら、フランツは肩で大きく息をしている。

フランツが人を殴るなんて信じられなかった。

別人のような彼を見つめてしばし呆然としていたティアだが、小さな呻き声を聞き、慌ててリクハルトの傍らにひざをついた。

「リクハルト……！　大丈夫？」

抱き起こすと、リクハルトは肩を押さえて眉をひそめた。

「たいしたことはないです。でも、ちょっと肩をやられました」

彼の言うとおり、リクハルトの頬は殴られたにしては赤くなっていないし、傷もないようだった。その代わり、倒れた時に肩を強打したらしい。

「骨は折れてない？」

「折れていません。大丈夫。ただの打撲だと思います。……うっ……」

立ち上がろうとしたリクハルトは、辛そうに呻いた。ティアはリクハルトを支えようと彼の腰に手を回す。

「本当に大丈夫なの？」

「大丈夫です。心配してくれてありがとうございます」

彼は頬を緩めて微笑んだ。

殴られた人間を心配するのは当たり前ではないか。もし殴られたのがフランツだったとしても、ティアは同じことをしただろう。

「笑っている場合じゃないわ。なんで避けなかった……」

そこまで言って、ティアは言葉を切る。冷静に考えれば、出逢った日に路地裏で男四人をいとも簡単に倒したリクハルトが、フランツの拳をまともに受けたこと自体おかしくはないだろうか。そしてふと気づいた。

「もしかして、私のせい……？」

ティアはリクハルトの背後にいた。もしあの状態で彼がフランツの拳を避ければ、ティアに当たっていた可能性があったかもしれない。

ティアが考えを巡らせていると、リクハルトは「違いますよ」と首を振る。

「さあ、彼らのことはもういいですね。行きましょう、ティア。僕たちの結婚式へ」

二人のことはもう目に映っていないかのように、リクハルトはティアの手を引いていく。

カリーナとフランツがティアの名を呼ぶ声が聞こえたが、彼らは追ってこないようだった。振り返ろうとしたティアの前に、滑らかに馬車が止まる。ムーアクロフト家の馬車よりも一回り大きく、細工が細かい馬車だ。

戸惑っている間に、リクハルトに腰を抱かれ、流れるような動きでその馬車へと乗せられる。座り心地のよい椅子に座らされたと思ったら、馬車は静かに走り出した。

状況を把握できぬうちに、ティアは上機嫌なリクハルトによって連れ去られてしまったのだった。

❀　❀　❀

ティアを連れ、馬車で移動をしている途中、リクハルトはふと窓の外に目をやった。

通りの家の庭先に色とりどりの花が一面咲き誇っている。その光景を見て、懐かしい出来事を思い出した。

昔、自室に籠もりがちだったリクハルトを心配して、叔父が花畑に連れて行ってくれたことがあった。

乳兄弟であるライも一緒だったが、彼は母親にあげるのだと言って花を摘むのに夢中になっていた。何もすることがなかったリクハルトは、何げなく見下ろした地面に三つ葉のクローバーが群生しているのに気づいた。その中には三つ葉でないものも交ざっている。

気になってそれを取ってみると、葉っぱが四つになっていた。

「すごいな、四つ葉じゃないか。それを見つけると幸運が訪れるらしいぞ。だからこれにも四つ葉のクローバーが彫られているんだ」

　景色を堪能していた叔父が、リクハルトの手にしたものに気づき、自身の腰にさしていた短剣を見せてくれた。鞘に施してある精巧な細工の中に、四つ葉のクローバーがあった。

「かっこいい……」

「そうだろう。でもあるのは四つ葉だけじゃない。家内は六つ葉をとってきたことがあるぞ。リクハルトは見つけられるか？」

　その言葉に、リクハルトは再び座り込む。そしてライが戻って来るまでに、四つ葉を五本とそれ以上に葉がついたものも数本見つけた。

「すごいです、リクハルト様。それ、七つ葉ですよ。すごくめずらしいものです」

　ライが目を丸くしたので、リクハルトは小さく首を傾げた。

「そんなにめずらしい？」

「はい。七つ葉は無限の幸福を得られると言われています」

「無限の幸福？」

「そうですよ。これからリクハルト様に無限の幸福が訪れるのです」

　そんなにめずらしいものならば、これを母に渡したら――。

　ライの言葉に、リクハルトは小さな期待を抱いた。

　しかしその期待は、呆気なく打ち砕かれた。屋敷に戻った後リクハルトはすぐに母へと渡しに行った。しかし母は、リクハルトが差し出した七つ葉のクローバーには目もくれず、父からの高価な贈り物にだけ瞳を輝かせたのだ。

結局、リクハルトのとってきたクローバーはそのまま枯れ果て、ゴミ箱へと捨てられてしまうことになった。

あの時、自分は母に何を求めていたのだろうか。喜んでもらいたかったのか、少しでも自分に目を向けさせたかったのか、その動機すら忘れてしまった。

ただ、無限の幸福の象徴を見つけることはできても、自分に幸福は訪れないのだと悟ったことだけは覚えている。

「……肩が痛いのですか？」

そっと腕に触れられ、リクハルトは現実に引き戻された。窓から視線を戻すと、ティアが心配そうにリクハルトの顔を覗き込んでいる。

「大丈夫ですよ」

笑顔を浮かべて答える。するとティアは「そうですか？」と疑わしげに首を傾げた。

昔のことを思い出していただけなのに、心配されるほどひどい顔をしていただろうか。

リクハルトはティアの手を取った。

「僕は痛みに強いのです」

言いながら手の甲を優しく撫でると、その手はさっと引き抜かれた。引き攣った顔をする彼女に、リクハルトはふと思う。

ティアならばクローバーでも喜んでくれるだろうか。

何げなく体を遠ざけるティアを見ながら、リクハルトは彼女に期待を抱いているのだと自覚し、小さく苦笑した。

四章

リクハルトは優秀だ。

そんな話を父から聞いたことはあったが、ティアは身をもってそれを思い知ることになった。

まず馬車の中で、リクハルトの乳兄弟《ちきょうだい》だという従者を紹介された。路地裏で初めてリクハルトと会った時に、後からやってきた人物だ。あの日と変わらずきっちりとした髪型と服装をしており、丁寧に挨拶された。

それから、休む間もなく着替えやら移動やらをさせられ、その間中、ティアは居心地の悪い思いをしていた。

何が居心地悪かったかというと、侍女数人がかりで着替えさせられたドレスが、短期間で作ったにしては豪華《ごうか》な、そして体にぴったりなものだったからだ。

全身に小さな宝石が散りばめられたドレスだ。デザインも凝っていて、大きく開いた胸もとには本物かと見紛うほどの繊細な花飾りがいくつも縫いつけられていて、スカート部分はレースとフリルが複雑に絡み合い、大輪《たいりん》の花が咲いているように見える。しかも生地がとても軽い。いったい幾《いく》らなのか見当もつかないほど良い品だ。

きっとティアが思っている以上に高価なものなのだろう。そしてこのドレスがこんなにも体にぴったりなのは、彼がティアの実家であるムーアクロフト家御用達《ごようたし》の職人に作らせたからに違いない。

父にティアのことをあれこれと訊いていたのは、やはりこの準備のためだったのだ。あの時から、彼は本気でティアと結婚するつもりだったのだろう。

困惑している間に着替えさせられたティアは、大聖堂まで連れて行かれ、文句を言う間もなく神官の前に立たされ、状況を理解できないまま宣誓までさせられた。

参列者の前で誓いの言葉を言わされ、宣誓書にサインをする時、ティアは心を決めた。

ここまで来るともう引き返せない。彼とともにこの先の人生を歩むのだと。

その後は参列してくれた人たちに挨拶をする暇も与えられず、控え室へ連れて行かれた。すべてはあっという間に終わった。しかし幸いなことに、父とはほんの短い間だが、話すことはできた。

「ティア、すまない」

開口一番に父は言った。結婚を承諾した理由を訊こうとしたが、リクハルトに急かされて大聖堂から連れ出されてしまった。その際、父が複雑そうな顔をしていたのは、きっと気のせいではなかったと思う。

それから連れて来られたのはキーツ邸《てい》だった。とりわけ立派な扉の部屋に案内され、その中で待つように言われる。ティアはその部屋の中央にある大きなソファーに腰掛けた。ふかふかとしていて、背を預けたらそのまま眠ってしまいそうなほど座り心地がいい。部屋に置いてある家具も高価なものばかりだ。さすが侯爵家の家具だと感心しながら眺めていると、侍女がお菓子と紅茶を運んできてくれた。

紅茶を飲み、お菓子を食べ、その時になってようやく空腹だったことに気づいた。お菓子を食べ終わっても、リクハルトはまだ戻って来ない。

この部屋には本がない。刺繍道具もない。ペンと紙は置いてあるのだが、なんとなく勝手に使うのも気が引けて手を出せずにいた。だから、ティアはとても退屈《たいくつ》だった。着替えることもできず、この部屋から出るなと釘を刺され、手持ち無沙汰《ぶさた》でただただ暇だったティアは、今日あった出来事を反芻《はんすう》することでしか時間を潰せなかった。

けれど思い返せば思い返すほど、リクハルトの強引さと自分勝手さを改めて思い知り腹が立ってくる。怒りはやがて呆れに変わり、次第に考えることが面倒くさくなり、空腹が満たされて睡魔《すいま》に襲われ——ティアはソファーにぱたりと横になった。

「ティア」

　頭上から聞こえたその声にびくりと体が跳ねた。ゆるりと顔を上げると、身を屈めてこちらを覗き込むリクハルトの姿が目に入った。ティアは慌てて体を起こし、髪と服を整える。

　リクハルトにこんな寝姿を見られるなんて不覚だ。

「いつからそこにいたの？」

　口元に涎《よだれ》がついていないか指先で確認しながら恐る恐る尋ねると、リクハルトは僅かに目を見開いたあと、笑顔で口を開いた。

「ほんの少し前ですよ」

　敬語を忘れてしまっていたことに、遅れて気づく。リクハルトには素の自分を知られているせいか、つい気が緩んでしまうようだ。

「ごめんなさい。言葉遣いが悪かったですね」

　すぐに謝罪をしたティアに、リクハルトは笑った。

「いえ。先ほどの話し方のほうが嬉しいです。僕はもともとこういう話し方なので、気にせずに、どうかありのままのティアでいてください」

「ですが……」

「お願いします。僕には気をつかわないでください」

お願いをされてしまったら頷くしかない。

それに彼には淑女ぶっても意味がない。

「起こしてくれれば良かったのに……」

恨みがましい言い方になってしまったのは仕方がないだろう。寝顔は人様に見せていいものではないと思うのだ。半目を開いたり涎を垂《た》らしたりしていたら見苦しいではないか。寝ている時の表情は制御できないのだから、誰であろうと見てほしくないのが乙女心というものだ。

「可愛かったですよ」

緩んだ顔でリクハルトはそんな感想を述べる。

もしかしたら観察されていたのかもしれない。そう勘繰《かんぐ》ってしまうのは、この男の日頃の行いが悪いからだ。

疑惑の目を向けるティアに、リクハルトは突然、後ろ手に持っていたらしい何かを差し出した。

「今、屋敷周りの警備の点検をしていたらたまたま見つけたんです。めずらしかったので早くティアに見せたくて……」

思わず受け取ったそれは、クローバーだった。しかもただのクローバーではなく、葉が多い。数えてみると、七つもあった。

「わあ……！　七つ葉のクローバー！」

ティアは歓声《かんせい》を上げた。

昔、四つ葉のクローバーを探しに行ったことがあるが、結局見つけられずに帰ったことを思い出す。その時、何かを持って帰ったような気がするが忘れてしまった。

「くれるの？」

期待を込めてリクハルトを見上げると、彼は眩しそうに目を細めてティアを見つめて頷いた。

「七つ葉のクローバーは無限の幸福の象徴だそうですよ」

「ありがとう！　嬉しいわ！」

満面の笑みでお礼を言うと、なぜかリクハルトも嬉しそうに笑った。ティアはテーブルにあったナプキンの上にそっとクローバーを置き、ニコニコとそれを眺める。

侯爵家の跡継ぎとして育ったであろうリクハルトが野草であるクローバーに興味があるとは思わなかった。しかも花言葉まで知っているとは驚きだ。

――七つ葉なんて初めて見たわ。

それなのに、なぜかとても懐かしい気分になるのはなぜだろうか。

飽きずに見つめていると、上機嫌な様子のリクハルトがティアの手を引いた。

「そうだ。ここにティアのものを一式揃えていますから、自由に使ってください」

リクハルトは部屋の端に向かい、クローゼットを開けた。

広いクローゼットの中には、何着ものドレスや靴、帽子、手袋、バッグ、下着、刺繍道具、それに香油と鏡が入っていた。

この部屋に連れて来た時にすぐにそれを教えてくれれば、この豪華なドレスを着替えられたのに……。

ティアはずらりと並んだドレスを一着ずつ手に取り、一番地味なものを選ぶ。

「これに着替えてもいい？」

「駄目です」

手に持っていたドレスを取り上げられながら即答され、ティアは目を丸くした。自由に使えと言ったのは彼なのに、まさか断られるとは思わなかった。

「どうして？」

ティアは思わず眉をひそめる。するとリクハルトは、ティアの全身を眺めながら言った。

「もう少しティアの花嫁姿を堪能させてください。聖堂で初めて見た時からずっと、くまなく見て、目に焼きつけたいと思っていたんです」

くまなくという言葉どおり、リクハルトは遠慮なく凝視《ぎょうし》してきた。しかも、「今日は一日それを着て過ごしてください」と無茶を言う。

「でも……」

「このままでいてください」

ティアがなおもドレスに手を伸ばすと、リクハルトはそれを素早くクローゼットにしまい込み、ニッコリと微笑んだ。それを見て、ティアは諦めの溜め息を吐く。

リクハルトにこれ以上何を言っても無駄だと思ったのが一つ目の理由。二つ目の理由は、たとえリクハルトからドレスを取り返したとしても、今着ているドレスを一人で脱げる自信がなかったからだ。

侍女数人がかりで着せられたこのドレスの構造をティアは知らない。侍女たちはいくつものリボンを結んだり、何やらごそごそと時間をかけてやっていた。だからきっと、複雑な着脱方法なのだと思う。

こんな立派なドレスは初めて着たので、破いたり汚したりしたらと思うと怖かった。

「ここにある物の他に何か必要なものはありますか？　何でも言ってくださいね。すぐに用意します」

ティアが着替えを諦めたのが分かったのか、リクハルトはクローゼットを再び開けて中を見せながら言った。そこにあるものにざっとひととおり目を通したティアは、それらが高級な品物であることに気づく。

「それだけで十分だわ。でも、こんなにも……この短い期間によく用意できたわね。私のものを持ってくれれば余計な出費もなかったでしょうに」

呆れたように言えば、リクハルトはティアの手を取り、愛おしそうに撫でた。

「ティアには僕が用意したものを着て、僕が用意したものだけを使ってほしいのです」

静かな声だった。静かすぎて違和感があるほどに。

リクハルトは変わらない笑みを浮かべていた。変わらない……のに、なぜか背筋が寒くなる。

彼は時々、こんなふうに突然雰囲気が変わる。何が違うかは言葉で表せないが、とにかく薄ら寒くなるのだ。

「リクハルト……」

何か言いたいわけではない。けれど何か言わなければいけないような衝動《しょうどう》に駆られ、ティアは彼の名を口にした。すると同時に、キュルル～と奇妙な音が鳴る。

ティアとリクハルトは顔を見合わせた。直後、リクハルトが小さく噴き出した。彼の不気味な雰囲気が一瞬にして元の明るさに戻る。

「夕食にしましょう」

笑いを含んだ声で言われ、ほっとする。そういえば、空腹をお菓子でごまかしただけだったのを思い出す。

リクハルトに連れて行かれたのは食堂だった。席に座ると、テーブルに料理が並べられていく。

柔らかそうな丸いパンに、玉ねぎとキャベツのスープ、エンドウマメのサラダ、チーズ、そして肉がある。

全部美味しそうだが、特にハーブを揉《も》み込んであるらしい手羽《てば》肉がこんがりと焼けていて食欲をそそった。香《こう》ばしい匂いに心が躍《おど》ったティアは食事を楽しむことにした。

スープ、サラダと順番に美味しくいただき、メインである肉にナイフを入れた瞬間、ティアはハッと思い出した。

「そういえば、怪我は大丈夫？　……気になっていたのよ」

手羽を見てリクハルトの肩の怪我を思い出したなんて不謹慎《ふきんしん》だから言えないので、少しごまかしておく。するとリクハルトは、嬉しそうに笑った。

「心配してくれるのですね。嬉しいです。痛みはありますが大丈夫ですよ」

そう言ってリクハルトは腕を回してみせた。その動作には何の違和感もないが、痛めた時はとてもつらそうだったので、きっと今も我慢しているのだろう。

「痛いなら動かさなくていいのよ」

「はい」

素直に頷き、リクハルトはニコニコと微笑んでティアを見てくる。その顔を見て、ティアの中にある疑惑が浮かんだ。

やっぱり痛いと喜ぶ嬉しいのかしら。

彼は叩かれて喜ぶ人種だ。肩の痛みは彼にとってはご褒美なのかもしれない。

ティアは、夫婦生活を送るにあたりこのことを明確にしておかなければと思い、恐る恐る口を開く。

「リクハルトは、殴られるのが好きなの？」

その問いかけに、リクハルトはキョトンとした。

「いいえ。殴られたら痛いじゃないですか」

予想外の答えだ。

「だって、私が叩いたから求婚したんでしょう？」

「僕が求婚しようと思ったのは、あなたの綺麗な心に惹かれたからです。自分の危険を顧みず下心もなく他人を助けようとする姿勢が、とても素晴らしいと思ったのです。そんな人は初めてでした。殴られたのも初めてでしたし……」

最後の言葉で頬を赤らめ、リクハルトは恥ずかしそうに告白した。

何度も訂正するが、殴ってはいない。叩いたのだ。けれどやはり、叩いたことはリクハルトにとって大事件だったに違いない。もしあの時叩かなければ、リクハルトはティアに求婚しようなんて思わなかったのではないだろうか。

「それならどうして、私が叩くと嬉しそうなの？」

疑問が、考えるより先に口から出た。するとリクハルトは、ふと真面目な顔になった。

「叩かれたのが嬉しいわけではなくて、僕自身にまっすぐに感情をぶつけてくれたから嬉しいのです。今まで、そんな人はいなかったので……。僕は、あなたを尊敬しているんですよ」

今、思ったより重い話を聞いた気がする。彼の変態的な理由にそんな過去があったとは。彼は怒られたことがないのだろうか。

とはいえ、尊敬している、なんて初めて言われた。照れ臭いけれど、素直に嬉しいと思える言葉だった。

「ありがとう……」

面映《おもは》ゆくて、リクハルトから視線を逸らしながら言った。

彼に対する考えを改めるべきかもしれないと、ティアは椅子に座り直し、リクハルトをちらりと見た。すると視線に気づいた彼が、弾んだ声で言った。

「あ、でも、僕のことはいくらでも殴ってくれて構いませんからね」

――やっぱり、変態はただの変態だったわ。

食事を終え、先ほどの部屋に戻ると、ソファーに座らされた。

リクハルトはティアのすぐ隣に腰を下ろすと、改まった様子でこちらを見た。彼と目が合って気づいたが、距離が近い。小さく鼓動が跳ねた。

「ティア、お願いがあります」

お尻を少しずつずらし、徐々にソファーの端に寄っていくティアを目で追いながら、リクハルトは言った。なんとか肘掛けまでたどり着いたティアは、速くなった鼓動が徐々に平常時に戻っていくのを感じ、満足げな顔で彼を見返す。

「何かしら？」

「これから一人では外出をしないでください。できればしばらくこの屋敷……部屋から出ないでほしいんです」

「どうして？」

「理由は、僕がティアと一緒にいたいから、じゃ駄目ですか？」

嘘だ。と直感的に思った。本当にそう思っているのなら、そんな言い方はしない。

ティアはじとっとリクハルトを見る。

「この屋敷にずっといるってことは、フォルトゥーナとの朝の散歩にも行けないの？」

「行かないでください。フォルトゥーナのことは僕に任せてください。きちんと散歩もさせますし、美味しいものを食べさせますし、ブラッシングも欠かしません」

それはありがたいが、フォルトゥーナがティア以外の人間にそんなことをさせるかは疑問だ。だが問題はそこではない。

「それは……私を監禁するということ？」

「監禁ではありません。鍵をかけるわけではありませんし、出ないでくださいとお願いしているだけですので〝軟禁〟ですかね。しばらくの間でいいので、屋敷外の人間とは会わずにおとなしくしていてください」

ティアは彼の言葉をなんとか理解しようと、額に手を当てて考えた。

「……待って。意味が分からない。順序立てて説明してほしいのだけれど。どうして私は軟禁されるの？　どうして外部の人と会えないの？」

結婚とはそういうものだっただろうか。

「端的に言うと、新婚生活を誰にも邪魔されずに楽しみたいので、ティアはずっと他の誰にも会わずに僕のそばにいてくださいというお願いです」

「……それ、嘘でしょ」

「嘘ではありませんよ」

しかし他にも理由があるはずだ。ティアが勘繰っていると、気づいた時にはずいぶん近くに彼がいた。途端に、動悸が激しくなる。

「……？」

慌てて距離を取ろうとしたティアだが、腰が肘掛けに当たってしまい、それ以上後ろには動けなかった。

なぜかますます心臓がうるさくなる。それが嫌で、すぐにソファーから立ち上がろうと試みるが、いつの間にか伸びてきていたリクハルトの腕に拘束されてしまう。

「……っ……」

そこからリクハルトの動きは速かった。ティアが言葉を発する前に唇が塞がれる。

なんで？　どうして？　と疑問符が脳裏を巡る。今はまったくそんな雰囲気ではなかったはずだ。なぜ、彼は突然口づけをしてきたのだろうか。

夕食時に飲んでいたワインのせいか、ティアの唇を舐《な》めるリクハルトの舌は熱く、吐息は甘い匂いがした。

リクハルトは角度を変えて何度も唇を合わせてくる。呼吸が乱れ、胸が苦しくなってきた。

ティアは瞑っていた瞼を思わず開ける。うっすらと目を開けていたリクハルトと目が合いドキリとし、慌てて顔を背けて彼の唇から逃れた。

「どうしてキスをするの？」

跳ねる鼓動を抑えるように胸もとに手を当てて視線を逸らしたまま問うと、彼は囁くように答えた。

「ティアが見つめてくるからです。そんな目で見つめられたらしたくなります」

「私が悪いの？」

眉を寄せて問うと、彼は首を横に振った。

「悪くないですよ。それだけティアが魅力的だということです」

相変わらずリクハルトは平然と胡散臭い台詞を吐く。

もしかして、リクハルトの評判が良くないのは、こうやって女性を見境《みさかい》なく口説いているからかもしれない。そして本気になった女性をあっさりと捨ててしまうのではないか。そんな男ならば、悪い噂が立つのも頷ける。

真偽を確かめるため、ティアはリクハルトに向き直った。

「フランツは、良い噂を聞かないからあなたとは関わらないほうがいいと言っていたわ」

「そうですか」

リクハルトはあっさりと頷いた。まるで他人の話を聞いているように無関心な様子だ。

「父も、あなたとの縁談は断ると言っていたわ。大事な娘をあなたの嫁にしたくないんですって」

「かなり渋られましたからね」

やっぱり……と、ティアは小さく溜め息を吐いた。

「あなたは良い人なの？　悪い人なの？　こんなふうに女性を次々に口説いては捨ててい

たりしないわよね？　もしそうなら、私、あなたを軽蔑するわ」

直球の質問をする。遠回しに問いかけても、ティアの知りたい答えは返ってこないに違いないからだ。

「ティアのそういう回りくどいのが嫌いなところ、すごくいいと思います」

リクハルトは一瞬目を丸くしたが、なぜかすぐに嬉しそうに顔を綻《ほころ》ばせて言った。

「まず、僕はティア以外の女性を口説いたことはありません」

「……本当に？」

いまいち信用できないのは、リクハルトがティアに甘い言葉をよどみなく囁くからだ。慣れていなければ出てこない台詞だと思う。

「本当ですよ。今まで女性を口説く必要性を感じなかったですから」

それは、口説かなくても女性が寄って来るからということか。何もしなくても引く手数多《あまた》だという自慢だろうか。

「悪人か善人かは他の人が考えることですからあまり興味はありません。僕自身が良いことをしたと思っても、受け取る人にとっては悪いことであったりしますしね。だから一概には言えませんけど、善人だと胸を張れるわけではありません。今だってティアを軟禁しようとしていますし」

きっと、リクハルトはティアへの純粋な好意だけで結婚したのではないだろう。ただ結婚したいだけなら、こんなにも急いですることはない。婚約をしておけばいいのだ。

彼は何かを隠している。これまでのやりとりでそれはなんとなく分かった。

しかし、彼の意図がなんであろうともティアは約束を守るだけだ。

賭けに負けたティアに拒否権はない。

「ティア」

呼びかけられ、ティアは現実へと引き戻された。視線を上げてリクハルトを見ると、彼は微笑みを消して言った。

「改めて、お願いします。屋敷から出ないでください。外の人間にも会わないでください」

「家族にも会ってはいけないの？」

せめてカリーナには会いたい。ティアがこの屋敷から出られないと分かれば、彼女はきっとティアに会いに来るだろう。

「はい。家族にも、あの男にも」

リクハルトの瞳は怖いくらいに真剣だ。

「あの男ってフランツのこと？」

問うと、彼は小さく頷いた。

「そうです。ティアがあの男に好意を持っているのは分かっています。あの男のことが好きなら、それで構いません。でも、今こうしてティアに触れているのは僕だということをきちんと理解してください」

「え……？」

リクハルトの言葉が理解できず、ティアは彼を見上げたまましばらく固まった。

フランツのことは大事な友人だと思っている。しかしそれは恋愛感情ではない。それよりも……。

フランツのことを好きでも構わない、とリクハルトは言った。それは、ティアの心はどうでもいいということだろうか。

そう思ったら、途端に息が苦しくなった。

「私が、誰を好きでも構わないって？」

声が震えた。

「僕はティアの心まで縛るつもりはない、と言っています」

「それはつまり……私はあなたのことを好きになる必要がないということ？」

「はい。愛してほしいとは思っていません。ティアは僕の妻でいてくれるだけでいいのです」

つまりリクハルトに必要なのは妻という存在で、ティアではないということなのか。

涼しい顔で『愛はいらない』と言われて、衝撃を受けている自分がいる。

リクハルトが迎えに来た時、ティアは『結婚したら愛し合う関係になりたい』と自分の夢を語った。彼はそれを『素敵な夢ですね』と言ってくれたのに……。

ティアは自惚《うぬぼ》れていたことを自覚した。リクハルトに愛されていると少なからず思っていたから、こんなにも衝撃を受けたのだ。

リクハルトにとってティアは、愛されたいと願う相手ではなかったのだ。

「でも……」

リクハルトはぐいっとティアを抱き寄せて耳に顔を寄せた。

「二人でいる時は僕だけを見て、僕のことだけを考えてください。夫婦として、それは最低限の礼儀でしょう？」

リクハルトは耳の中に息を吹き入れるように囁いた。低音で凄《すご》みの利いた声に、ぞわりと鳥肌が立つ。

夫として、妻であるティアを服従させたいということか。仮面夫婦を希望しながらも、男の征服欲だけは満たしたいらしい。

まるで拘束するように、抱き締める腕の力が強くなった。それに身じろぎすると、リクハルトはティアの髪に頬を埋めるようにして告げた。

「あなたは賭けに負けましたから、その時点で拒否権はないんですよ」

それを言われると反論はできない。

ティアだって、愛による結婚をしたわけではない。だがたとえどんな状況でどんな心境でも、妻になると決めたからにはリクハルトとこの先ずっとともにあろうと、大聖堂で宣誓した時に覚悟を決めたのだ。それなのに、愛のない夫婦生活宣言をされてしまった。

「それでも嫌だと言うなら仕方ないですね」

黙り込んでしまったティアに、リクハルトは目を眇めた。そして小さく溜め息を吐いて言った。

「こんな手は使いたくなかったんですけど……。ティア、あなたは〝完璧な淑女〟と言われているそうですね」

「それが……何？」

やっと出た声は、力なく掠れていた。自分のこんなに弱々しい声を聞いたのは初めてかもしれない。

リクハルトは、ニヤリと笑った。

「そんなあなたが人を殴ったなんて知ったら、周囲の人間はどう思うでしょうか？　乗馬のことも隠しているようですし、そういう一面を知られたら困りますよね？」

なぜそんなことまで知っているのか、という質問は今更出てこなかった。

出逢った翌日から、リクハルトはティアの行動を把握しているようだったし、ティアの持ち物まで詳しく知っていたのだ。

「特にムーアクロフト子爵はあなたに期待していますから、落胆も大きいでしょう」

「……私を脅すの？」

父の名前を出され、ティアは眉間にしわを寄せた。

淑女ではない自分を父に知られたくないという気持ちを、リクハルトは理解しているようだ。穏やかにも見える笑みを浮かべ、彼はティアの質問には答えずに言った。

「ティアが欲しいものは何でも与えましょう。いくら高くても構いません。ティアが望むものを望むだけ用意します。その代わり、おとなしく僕に抱かれてください」

優しい言葉のすぐ後に、残酷な言葉を吐く。リクハルトの本音はいったいどこにあるのだろう。

胸の中に重量のある物体を押し込まれたようだった。呼吸はできるのに息苦しさを感じる。

いつものティアならば、何か言い返しただろう。それなのに、なぜ今何もしないのか。自分でも分からなかった。

「いいですね？」

無理やりならきっと必死に抵抗した。けれど彼はティアの承諾を得ようとしている。

ティアはリクハルトのずるさを思い知った。

「……いいわ」

長い沈黙の後、溜め息とともに頷くと、彼はティアの肩と膝裏に手を差し入れ、軽々と抱き上げた。

突然の浮遊感に驚いたティアは、咄嗟にリクハルトの首に腕を回す。彼は無言のまま、隣の部屋へ向かった。

扉を開けるとそこには、ゆうに四人は寝られるほど大きなベッドがあった。そのベッドにゆっくりと下ろされ、柔らかなシーツに体が沈む。

「僕に集中してください」

そう言って、リクハルトはティアの上に覆いかぶさってきた。彼の右手で顎をぐいっと持ち上げられたティアは、冷たい眼差しとかち合って息を呑む。

夫におとなしく抱かれろ、と言われたのだ。虚《むな》しい気持ちが胸いっぱいに広がったとしても、そうするべきなのだろう。

必要とされていないと分かってしまった以上、愛し愛されたいという淡い期待は捨ててしまおう。ティアは心の中で覚悟を決め、大きく息を吐き出した。

直後、顔を寄せてきたリクハルトに唇を塞がれた。

上唇と下唇を交互に吸われて、観念したティアは目を瞑る。するとリクハルトの唇の熱さを先ほどよりも強く感じた。じんじんと痺れるような熱が、彼の触れる部分から伝わってくる。

何度も啄《ついば》むように唇を押しつけられ、合間に漏れる吐息がどんどん上がっているような気がした。

「……んっ……」

ふいに、ぬるっとした何かが唇を割って押し入ってきた。びくりと体が震え、歯を食いしばってしまう。

すると、ティアの背中に回されていたリクハルトの手が、背筋に沿ってするりと動いた。むず痒《がゆ》い刺激に口元が緩む。その瞬間、入り口を這っていた舌が、歯の隙間を抉《こ》じ開けて口腔に侵入してきた。

「……んぅ……っ！」

驚きで奥に引っ込んだティアの舌は、追ってきた彼の舌に搦《から》めとられる。逃がさないとばかりにきつく吸い上げられ、僅かな痛みと沸き上がる熱に身を捩《よじ》った。

しばらくして吸うのをやめたリクハルトは、今度は舌の表面をなぞるように刺激し始める。

今まで舌は味を感じるだけの場所だと思っていたが、舌同士を擦り合わせることで全身に疼《うず》きが広がることを知った。

「あ……ん」

無意識に、鼻から吐息まじりの声が抜ける。

舌の表面から裏側までまんべんなく這わされていたそれが、今度は確かめるようにゆっくりと歯列をなぞった。これは何かの検査なのだろうかと思い始めた頃、それは上顎に移動した。

舌先でするりと舐められると、くすぐったさに体が小さく震える。しかし上顎全体を何度も往復されて、くすぐったさは次第に甘い熱に変わった。

時間をかけて口腔を貪り尽くしたリクハルトは、一度舌を引っ込めると、今度は角度を変えながらティアの唇を食む。

体の力が抜け、ティアは完全にリクハルトに身をゆだねていた。すると彼は、再び唇を深く合わせてくる。覆いかぶさる彼の重さを感じながら搦めとられた舌に眉が寄る。甘い疼きで腰が重くなり、頭が痺れるようだった。

チュッ……と音を立てて唇を離したリクハルトは、熱の篭もった眼差しで顔を覗き込んできた。そしてティアの太ももに硬くなったものをぐりっと押し当ててくる。

擦るようにぐりぐりと押しつけるのはやめてほしい。ドレス越しでもその感触はしっかりと伝わってくるのだ。のしかかられているので動くこともままならないが、若干腰は引けている。

教育係から夜の営みの説明をされてそれなりに知識がある分、押しつけられているものが自分にとって凶器に近いものだとは認識していた。だから彼のものが大きくなればなるほど、硬くなればなるほど、ティアの中で恐怖が膨れ上がってしまう。

愛がなくても性行為はできるのだ。その事実を突きつけられているようでもあり、ティアは胸が苦しくなった。

「脱がせていいですか？」

黙り込んだティアの背中に手を回しながら、リクハルトは囁いた。

「脱がせますよ」

抵抗しないことを了承と受け取ったのか、彼はシーツとティアの背中に挟まれた手を器用に動かし、何かを外した。少ししてドレスの肩口がするりと腕まで下りてきたと思ったら、胸もとと腹部の圧迫感がなくなった。ドレスを脱がすついでにコルセットの紐も緩めてくれたらしい。

「慣れているのね」

こんなにもあっさりとドレスとコルセットを脱がせることができるなんて、経験豊富な人間じゃないとできないと思う。ティアはつい胡乱な視線をリクハルトに向けた。

すると彼はくすりと笑い、なぜか嬉しそうにキスを落としてきた。

「慣れているわけではありません。このドレスを作らせた時に、構造を教えてもらったからです」

ドレスと一緒に絹の靴下も脱がされ、コルセットを外され、下着であるスモックも素早く剝ぎ取られた。

あらわになった胸を慌てて両腕で隠すと、その隙に、最後の砦《とりで》であったドロワーズが抜き取られる。

あっという間に裸にされてしまった。まさか下着類まで脱がせやすいものを用意していたとでも言うのか。あまりの早業に、ティアは無意識にリクハルトから逃げるようにベッドの上をずりずりと後退していた。

しかし、着ていたものがすべてベッドの下へと投げ捨てられているのが視界に入り、体を隠すのも忘れて思わずドレスに手を伸ばす。

雑に扱われたそれが、グチャグチャになって床に置かれているのだ。このままにしておいたらしわになる。カリーナが同じようなことをよくやるので、ティアはそのたびに注意をしていた。だからこういうことには敏感なのだ。

「ティア」

伸ばした手は、ドレスに届く前にリクハルトに摑まれた。

「ドレスが……」

「ドレスよりも僕を気にしてください」

言いながら、彼はティアの顎を摑んで自分のほうへ向けた。深い青色の瞳と視線が合う。

「綺麗です、ティア……」

熱の篭もった声で囁かれ、ティアは自分が裸なのだと思い出した。意識してしまうと体が萎縮《いしゅく》し、まともに彼の目を見れなくなる。

咄嗟に胸を手で隠すと、彼は小さく笑った。

「可愛いですね」

「胸が？」

思わず口をついて出てしまった問いは、自分の体に劣等感を持っているからかもしれない。きょとんとした顔のリクハルトを見たら、自分が今何を言ったのかに気づき、瞬く間に羞恥《しゅうち》が押し寄せてきた。

「な、何でもないわ」

彼の視線から逃れるため、ティアはシーツに顔を埋める。

自分の体が貧弱だということを自覚し始めたのは、年頃になってすぐだ。父に連れて行かれたパーティーで、豊満な胸を強調したドレスをまとった貴婦人方を見て、自分にはあれほどの大きさはないと落ち込んだ。

決して小さすぎるわけではない。けれど大きくもない。そんな感じだ。フォルトゥーナに乗る時には大きな胸は邪魔なだけだが、ないならないで欲しくなってしまうのが人間の性《さが》と言うものだろう。

すべての男性から性的な目で見られたいわけではないが、こういう状況でリクハルトに他の女性と豊満さを比べられたくない。ティアは貧相な体を見られたくなくて、上掛けのシーツをさらに引き寄せた。

「駄目ですよ」

シーツを体に巻きつけようとすると、リクハルトに止められた。摑んでいたシーツを奪い取られ、彼の手によって両腕を顔の脇でベッドに縫いつけられてしまう。

「全部、見せてください」

リクハルトが視線を落とした。腕を摑まれ、隠すことができない。

「や……！」

恐ろしくなって、その手を振り解こうとすると、彼の顔に手が当たる。ペチンという音に驚き動きを止め、ティアは慌てて謝った。

「ご、ごめ……なさい」

今回はわざとでないとはいえ、自分は何回彼の頬を叩くのだろうか。

けれどリクハルトは表情を変えることはなかった。以前頬を叩いた時は、二回とも嬉しそうにしていたというのに。とうとう許せなくなったということか。

彼は顔を青くしたティアを見下ろしてしばらく何かを考えるような顔をした後、自分の首もとからクラバットを外した。そしてティアの両腕を頭上にまとめる。

「腕を縛らせてもらいますね」

言いながら、ティアの両腕を柔らかな感触のそれで素早く縛り上げた。

「え？　嫌よ！」

慌ててぐっと腕を引く。しかし縛っただけでなくどこかに引っかけたのか、一括りにされた両腕を頭上から下ろすことはできなかった。拘束を解こうと懸命に腕を動かすが、解ける気配はない。

そうしている間に、リクハルトは上体を起こすと、さっと自身の上着を脱いだ。そしてシャツのボタンを片手で外しながら、空いたほうの手で体を支えてティアに顔を寄せてくる。

「おとなしく僕に身をゆだねてください」

甘い囁きに、ぞわりと背中が震えた。

ボタンを外しているだけなのに、妙に色気があるのはなぜだろうか。開かれたシャツの隙間から包帯が見える。痛々しく思いながらも、つい厚い胸板に目を奪われた。そこには綺麗に筋肉がついている。

——意外とたくましい。

男の人の体を目にするのは、リクハルトが初めてだ。父のも見たことはなかった。

ティアにとっての初めてを彼はやすやすと奪っていく。もう何度もだ。それが少し悔しかった。

素早くシャツを脱いだリクハルトは、ティアに覆いかぶさってきた。

「肩、痛くないの？」

「気持ちが昂ぶっていて痛みを感じなくなりました」

リクハルトはティアの髪に顔を埋めた。触れ合った肌は滑らかで温かく、なぜか落ち着いた。

一瞬、その心地よさに体が弛緩《しかん》しそうになったが、リクハルトの手にするりと耳を撫でられ、一気に全身に力が入る。

耳から首筋へと下りた指は、鎖骨《さこつ》をなぞって肩、腕を辿《たど》り、脇腹へと移動した。優しく触れるだけのそれはくすぐったくて、今にも笑い出してしまいそうだ。

「……っ……ゃ……」

小さく声を上げ、ティアは大きく身を捩る。

「くすぐったいですか？」

問われ、何度も頷いた。しかしリクハルトは動きを止めず、脇腹から腹部、そして足の先まで指を這わせる。ティアの体のラインを確かめるようになぞり終えると、やがて満足したように微笑んだ。

いったい何のためにそんなことをしたのか分からずリクハルトを見つめると、彼はティアの耳に唇を押し当てた。

「ずっとティアの体を触りたいと思っていたんです」

吐息を吹き込みながら囁かれた直後、耳を甘噛みされた。

「……っ……」

ぞくりとした熱が背筋を走った。ぴくりと体を揺らしたティアに、リクハルトの小さく笑う声が聞こえた。

それからすぐに尖った舌で耳をつつかれ、穴を塞ぐようにねじ込まれた。ぐりぐりと舐め回されるたびに、鼓膜に直接水音が響く。

くすぐったくてたまらないのに、腰の辺りからぞくぞくと這い上がる感覚はなぜか心地よく感じた。

「あっ…ん…」

滑った舌が穴の中をぐるりと這い、熱い息が耳にかかる。それだけで上擦った声が出てしまった。

その時ティアは、ふと思い出した。

性行為は愛情を伴わなければ快感は得られないのだと貴婦人から聞いたことがある。ということは、愛情がないこの関係では気持ち良くなりようがないではないか。

それなのにティアの体はうずうずと疼く。貴婦人方が言っていたのは、ティアが想像もできないくらいもっと強烈な快感のことなのだろうか。しかしそれなら、この感覚は何だろう。

「何を考えているのですか？」

きつく閉じていた瞼を開くと、目の前に少しだけ不機嫌そうなリクハルトの顔があった。

「普段は誰のことを考えていてもいいですけど、今は僕のことだけを考えてください。こういう時に他のことを考えられると、ひどくしてしまいそうですから」

言って、リクハルトはいきなりティアの口腔に舌を差し込んだ。彼の舌がティアのそれに絡んできて、痛いほどに吸い上げられる。

同時に、下から押し上げるように胸を掴まれた。掴まれたというよりは、揉まれたというほうが正しいのか。リクハルトの手が胸を包み込み、指の腹で突起を撫でた。

「……ぁあ……っ……」

胸から腹部にかけて痺れるような刺激が走り、僅かに腰が浮いた。思わず漏れた喘《あえ》ぎ声は、リクハルトの口の中に吸い込まれる。

同時にリクハルトの指が突起を摘んだ。そしてその先端をゆるゆると撫でる。

「……んん……それ、やっ……」

ティアは顔を背けてリクハルトの舌から逃れ、嫌だと首を振った。しかしすぐにまた唇を塞がれ、口腔を貪られる。撫でるように優しい動きだった指は、突起を押し潰すように力が込められた。

じんわりと全身に広がるような愉悦《ゆえつ》に頭がぼんやりとし始める。このまま流されてはいけないと思い、ティアは身を捩って抵抗した。けれど腕を拘束されているため、たいした抵抗にはならなかった。

案の定リクハルトは意に介す様子もなく愛撫を続けた。ぐりぐりと胸の突起を押され、軽く爪を立てられて、びくりと体が震える。

吐息とともに漏れる声まで食い尽くすように、リクハルトは大きく口を開けてティアの口を塞ぐ。息ができず苦しかったが、次第に、鼻で息をすることに慣れてきた。

突起を爪で擦りながら押し潰され、上顎をくすぐるように舐め上げられて、腹部にどんどん熱が集まっている感じがした。

むずむずする感覚をどうにかしたくて、ティアは両脚を擦り合わせる。するとリクハルトは唇を離して、ティアの顔を見つめてきた。

「気持ち良いですか？」

真顔で問われても、「はい」とは言いづらい。それに、初めてのこの感覚が本当に『気持ち良い』のかどうか、ティアには判断できなかった。

返事に困って目を逸らすと、視界の端にリクハルトの口が弧を描くのが見えた。

「良かった。ちゃんと感じているみたいですね」

何を見てそう思ったのか、彼はなんだか嬉しそうだ。

彼の顔を見ると、いつになく優しい表情をしている。

ティアはハッと気づく。今お願いしたら、腕の拘束を解いてくれるかもしれない。

「リクハルト、腕を自由に……」

「駄目です」

最後まで言わせてもらえなかった。

「どうして外してくれないの？」

「困っているティアが可愛いからです」

「………悪趣味」

まさかそんな理由で縛られているとは思わなかった。

叩かれて喜ぶくせに、いじめるのも好きな性癖とは。

いじめられて喜ぶほうなのか、いじめて喜ぶほうなのか、はっきりしてほしい。ティアが訝しげな目で彼を見ると、リクハルトは目を細めて嬉しそうに「そうです」と頷いた。

「僕は悪趣味なんですよ。以前ティアに叩かれた時も興奮しましたけど、涙目で謝ってくる顔にもひどく興奮しました。でも、今のほうがもっと興奮しています」

それはあまり知りたくなかった情報だ。

自分の性癖を告白する彼の顔は嬉々として見えるのに、瞳は捕食者のように鈍く光っているように見えた。

この先、リクハルトの前では泣かないようにしよう。そう心に決める。

「そんな顔しなくても、無理に泣かせたりはしませんよ」

くすりと笑われ、自分はそんなに不安な顔をしていたのだろうかと気になった。

リクハルトはティアの額に唇を押しつけてから、真正面から視線を合わせ、にっこりと満面の笑みを浮かべた。

「ティアはもう僕の妻ですしね。大事にします」

「大事にするなら、腕……」

「外しません」

また即座に断られると、彼は手で包み込んだままだったティアの胸に顔を寄せてきた。

そして赤い舌で胸の突起をぺろりと舐める。

湿った舌が突起に絡まり、彼の口の中に吸い込まれた。さらに彼の口腔でぬるぬると舐められ、押し潰すように圧迫される。

「ん、あぁ……っ……ふ……ぅん……」

手で弄《いじ》られた時より強い刺激が背筋を駆け抜けた。その感覚についていけず、ティアは思わず足をばたつかせる。

すると、リクハルトはティアの両脚を割ると、その間に体を滑り込ませた。下腹部にのっかる彼の重さで、体が固定されてしまう。

リクハルトはわざとちゅっちゅっと音を立てて突起を吸った。そうしながら、反対の胸の突起を指の腹で撫でる。

「や……だ……、やだ……ん……リクハルト……！」

両方の胸に与えられる刺激が、思考を奪っていく。

そのうち、突起を弄っていた手が脇腹へと動いた。先ほどはくすぐったいだけだったその指の動きが、今はぞわぞわとした快感を生み出している。

耐えられず体を捻った。けれどリクハルトの重さのせいで背中がほんの少し浮いただけだった。

そこへすかさず、脇腹を撫でていた手が浮いた隙間から背中へと回る。リクハルトの大きな手が肩甲骨にそえられたと思ったら、数本の指が背骨に沿ってゆっくりと這わされた。

ぞくぞくとした刺激が脳天まで一気に駆け上がり、腰が浮く。リクハルトは尾《び》てい骨《こつ》まで下ろした指をくすぐるように動かした。

「……はぁ……ん……」

むず痒いけれどそれだけではない。胸を吸われる快感と、背中の窪《くぼ》みに与えられるくすぐったいような快感が合わさり、初めての快楽と不安でティアの目からぽろりと涙が零れた。

つい先ほどリクハルトの前では泣くまいと決めたのに、勝手にぽろぽろと流れ落ちてい

く。それに気づいたリクハルトは、胸から口を離していやらしく微笑んだ。

「泣くのはまだ早いですよ」

言って、彼は体を起こした。何をするのかと見つめていると、彼は突然ティアの左の足首を摑んで持ち上げた。

「なに……？」

わけが分からずただその動きを眺めるだけのティアの前で、リクハルトは足の裏に舌を這わせた。

「……なっ……！　やめて！　汚い……っ！」

驚きすぎて一瞬硬直してしまったが、普段絶対に感じることのないぬるついた感触が足先を這い、ティアは慌てて足を抜き取ろうとする。けれどいくら引っ張っても彼の手は外れなかった。

「汚くなんてないですよ。ティアの体ならどこだって舐めることができます」

試してみましょうか？　とリクハルトはティアに見せつけるようにして、足の指の間に舌を差し込んだ。

「嫌……！　やめて、リクハルト！」

バタバタと足を動かして抵抗するが、彼の手でしっかりと固定されていてあまり効果はないようだった。

「やぁ……ああっ、んん……」

右足の親指から人差し指と、順にリクハルトの舌が這う。くすぐったいのに、指の間をちろちろと舐められると、なぜかじわりと甘く疼いた。

「やだ……やっ……！　そこ、やだ……ぁああ……」

自分ですらほとんど触らない部分を、リクハルトの熱い舌がねっとりと舐め回す。すべての指をしゃぶられた後は、ティアのほうが体力を使い果たしてしまい、体がぐったりとベッドに沈みこんだ。

涙で滲む視界には、リクハルトが足先から膝の裏に舌を這わせているのが映る。そして膝裏から太ももの つけ根へと這い上がってきた。

「待って……！」

ティアは両脚を急いで閉じる。本当はリクハルトの頭を摑んで止めたかったが、腕が動かない以上、足を閉じて侵入を防ぐしかない。しかし、すでに彼の顔は太ももの間に入り込んでいて、頭を挟み込む結果となった。それでも必死に、彼の顔をそこから遠ざけようと力を込める。

「往生際《おうじょうぎわ》が悪いですね。ティアの力じゃ僕には敵《かな》いませんよ」

笑いを含んだ声で言うと、リクハルトはティアの太ももを両手で押し開いた。誰にも見せたことのない場所が、彼の目に晒《さら》されてしまう。

「いや……ぁ……！　見ないで……！」

羞恥で体が震える。体を捩っても隠せないことは分かっているので、見ないでほしいと必死に懇願した。しかしリクハルトはうっとりとした表情でそこを凝視している。

「綺麗ですよ。まだ誰も受け入れていないから、きつく閉じていますね」

そんな解説は恥ずかしいだけだ。

「お願い、リクハルト。もう嫌……見ないで……見ないで」

涙が次々に溢れてきて、ぽたぽたとシーツに落ちた。

けれどどんなに頼んでも、リクハルトは愛おしそうに目を細めるだけで、言うことを聞いてくれなかった。

「大丈夫です。ちゃんと濡れていますよ」

何が大丈夫なのだろう。ティアは全然大丈夫ではない。恨み言が頭の中でぐるぐると巡り、涙でぼやけた目で懸命にリクハルトを睨む。

しかし次の瞬間、割れ目に彼の指が触れ、その刺激に体が大きく震えた。反射的に目を瞑ってしまう。ぐちゅり……と水音が聞こえた。

「たくさん溢れていますね」

「……そんなこと……」

ぬるぬるとした滑りを利用し、リクハルトの指が割れ目を往復した。そのたびにぐちゅぐちゅと音が響き、それを聞きたくなくて顔を背ける。

リクハルトはぬめりを絡めるようにして、回すように指を這わせた。

「ティアは僕の指で感じているんですよね」

ね？　と有無を言わさぬ口調で言われて、ティアは何度も首を縦に振った。すると、入り口に浅く指が入り込んできた。最初は痛みを感じたが、浅い部分で繰り返し出し入れされ、だんだん甘い疼きに変わっていく。

「ここはどうですか？」

言葉が終わらないうちに、リクハルトは人差し指と中指で割れ目を開く。そしてその上部を舌で舐め上げた。瞬間、体が浮くほどの快感が全身を走り抜ける。

「あぁっ……！」

自分の口から、悲鳴のような嬌声《きょうせい》が飛び出した。びりびりと頭が痺れ、体が小さく震え出す。

「……いやぁ……！」

リクハルトが舌を動かすたび、痛いほどの刺激が全身を巡った。そこには突起があるらしく、彼は舐めながら吸い付き、軽く歯を立てたりする。

そうされるたび、びくびくと勝手に体が痙攣《けいれん》して喘ぎ声が漏れた。強すぎる快感に、体がついていかない。

「……や……も、やあ……そんな、ふうに……しないで……んんっ！」

「どんなふうにですか？」

必死に懇願しているというのに、リクハルトは意地悪く訊いてくる。しかも、舌で突起を舐めながら指を膣内に侵入させ、そこを広げるようにぐるぐると蠢《うごめ》かせた。

「……い……っ……あぁ……はあ……」

膣内を押し広げるように指を動かされ、痛みを感じた。しかし同時に敏感な部分を尖った舌で愛撫され、快感のほうが大きくなる。そうなると、痛いのか気持ち良いのか分からなくなってしまった。

指と舌の動きに翻弄されているうちに、いつの間にか膣内に入った指が増やされていたらしい。圧迫感はあったが、外側だけでなく体内でもびりびりとした快感を得る場所があり、そこを同時に責められて、わけが分からなくなっていた。

ぐちゃぐちゃと水音を立てて出し入れされている指の動きが激しくなる。足先が伸びて、太ももがふるふると震えた。

水音がうるさいほど聞こえ、いっそう大きく体が痙攣した。瞼の裏がちかちかとして、下腹部に意識が集中して一気に力が入る。

「……へん……っ……も、や……だめ……！　あぁんんんっ！」

押し寄せる波に抗うことができず、ティアは甲高い声を上げてから息を詰めた。びくびくと体が震えるのに身を任せ、荒い呼吸を繰り返す。

体が異様にだるかった。頭が真っ白で、何も考えることができない。

徐々に弛緩していく体をベッドに沈め、呼吸を整えていると、ふと布が擦れる音がした。

重い瞼を押し上げると、体を起こしたリクハルトがボタンを外すのが見えた。トラウザーズをくつろげているだけだというのに、妙な色気を感じてしまい、どきりと鼓動が跳ねる。

ティアの視線に気づいたリクハルトは、熱の篭もった瞳を近づけてきた。その瞳をぼんやりと見つめていたら、唇を舌で舐められ、優しく囁かれた。

「力を抜いてください」

言われなくても力は抜けている。そう思いながら、ティアは再び体を起こしたリクハルトの姿を目で追った。

彼は何かを摑み、それで割れ目をなぞる。熱いものがぬるりと滑る感覚がした。

その次の瞬間、先ほどまで快感を得ていた部分に激痛が走った。

「い……た……っ……！　やぁ、く……うう……！」

ぐぐっと膣内に異物が押し入ってくる感覚がした。股を突き破られているようだった。

無意識に腰が引けるが、リクハルトの腕で引き戻され、痛みが増していく。

「いれ……な……でっ……いた……んんっ……」

どうにかして苦痛を減らそうと浅く息を吐き出してみたが、痛みは変わらなかった。

「……くっ……ん……」

痛いのと怖いのとできつく目を瞑って拳を握り締めていたら、唐突に、両腕の拘束感がなくなった。

目を開けると、ティアの腕を縛っていたはずのクラバットがリクハルトによって床へと投げ捨てられたところだった。

「外して、くれたの……？」

頑なに拒否していたくせに、あっさりと拘束を解くなんてどういうつもりだろうか。

驚いて少しの間だけ痛みを忘れていたが、リクハルトが体を倒してティアを抱き締めてきたことで膣内の剛直の角度が変わり、さらなる痛みに襲われた。

「……っ……」

呼吸困難にでもなったように息が荒くなり、呻き声すら出ない。何か縋るものがほしくて、自由になった手でシーツを手繰り寄せると、リクハルトはその手を摑み自分の背中へ回させた。

「僕に摑まってください」

「……抜い……て……痛……あ、くう……」

「抜きません。痛ければ、僕の背中に爪を立てて気を紛らわせてください」

言われるがままに、ティアはリクハルトの背中にしがみつき、彼の背中に爪を立てる。何かに摑まっているというだけで、少しだけ楽になったような気がした。

はあ……とリクハルトが大きく息を吐いた。彼も苦痛を感じているのか、その眉間には深いしわが刻まれている。

「まだ、全部入っていないんですよ。ティアの中、すごく狭いですね」

それは苦情だろうか。リクハルトは眉根を寄せながら、膣の浅い場所で軽く抜き差しを繰り返し、徐々に奥へ奥へと自身を突き入れている。

これ以上深くになんて、本当に入るのだろうか。そう不安に思うほど、無理やり広げられている箇所が苦しい。体が抉じ開けられているような気分だった。

けれどここまでくれば観念するしかない。冷や汗を流しながらじっと我慢を続けていると、やがてリクハルトが動きを止めた。

「入りました……」

リクハルトがほっとしたように息を吐き出すのを見て、ティアも大きく息を吐く。

これで終わりではないということは知っているが、もう行為の半分以上は済んだ気になったのだ。

「どんな感じですか？」

ティアの首筋に舌を這わせながらリクハルトは言った。彼の舌が舐め上げる場所がむず痒くて、ティアは肩を竦める。

「内臓が押し上げられているような……ん、……感じ」

正直に答えたティアは、彼の舌から逃れるように身を捩った。

痛くて苦しくて、内臓が圧迫されている感じがする。リクハルトのものが入っていると

ころがじんじんするので、本音を言ってしまえば今すぐ抜いてほしい。

「そうですか。では、これから気持ち良くなるように頑張りますね」

言いながらもリクハルトの唇は休むことなくティアの首筋を吸い上げる。すぐに動き出

すと思っていた下半身はおとなしくしていた。

動かない分、体内にぎちぎちに押し込まれた猛《たけ》りの大きさをしっかりと感じる。時折ぴ

くりと動くため、それが彼の体の一部なのだと思い知らされた。

教育係に教えられていたので行為の内容は知っていたが、実際に経験すると、非常に

生々しくいやらしい。けれど冷静に考えてみれば、人間の体の一部といえども異物が体内

に侵入しているのだ。そう考えると恐ろしい気がする。

でもそれがリクハルトのものだと思うと、なぜだろうか、不思議と嫌だとは思わない。

「動か……ないの？」

苦痛を和らげようと意識して深呼吸をしながら、首もとに顔を埋めているリクハルトに

問いかけた。すると彼は、舌をゆっくりと耳裏から首筋へと滑らせてから答えた。

「ティアの中が僕の大きさに慣れるのを待っています」

「ん……この大きさに、慣れるのは無理、だと、あぁん……！」

言い終わらないうちに、かぷりと鎖骨を甘噛みされる。首を舐められるむず痒さは我慢できたけれど、思ってもいない場所から広がる疼きに体が震えた。

鎖骨を歯と舌で刺激されると、びくびくと小刻みに体が跳ねる。無意識に膣内が収縮したらしく、リクハルトの猛りがぐっと大きさを増した。

「や、やぁっ……くるし、んん……っあぁ」

痛いというよりも、苦しさのほうが強い。

リクハルトに力いっぱい抱きつき、なんとかその苦しさをやり過ごそうとした。けれど、そうして体に力が入るたびに猛りの存在が大きくなっていく。

「ね、もう……無理。小さ、くして……」

小さくしてくれればこんなに苦しくはないはずだと思ったのだが、リクハルトは首筋から顔を上げるとティアの唇に噛みつくようなキスを落とし、小さく首を横に振った。

「無理です」

きっぱりとしたその口調に、ティアの涙腺は再び緩む。止まっていた涙がじわりと浮かび上がり、それを見たリクハルトが困ったように笑った。

「必死で我慢しているのに……泣かれると興奮してしまうじゃないですか」

興奮する、という言葉にびくりと体が震えた。

そうだった。リクハルトの前で泣いてはいけないのだった。彼の特殊な性癖を思い出し、ティアはぐっと眉間に力を入れて涙を止める。

「そうやって我慢している姿もそそられます」

リクハルトは熱い息を吐き出しながら、ティアの頬をするりと撫でた。

いったいどうしろと言うのか。

考えた末、ティアは両腕を顔の前で交差し、自分の顔が彼に見えないようにした。するとリクハルトが小さく笑う。

「顔が見えないのが残念ですけど、今はそうしてくれていたほうが暴走しなくていいですね」

交差した腕に柔らかな感触がした思ったら、ちゅっと音を立てて離れていく。キスをされたのだと気づいた直後、リクハルトがゆるゆると腰を動かし始めた。

ずるずると猛りが引かれ、抜けそうになったところで再び奥へと入ってくる。ゆっくりとした動きでそれを何度も繰り返され、次第に痛みと圧迫感が和らいできた。彼が言ったように膣内がリクハルトの大きさに慣れてきたのだろうか。

「どうです？　気持ち良くなってきましたか？」

苦しげな声が漏れなくなったからか、リクハルトが囁くように訊いてきた。ティアは即座に首を横に振る。

　気持ち良くはない。けれど痛くもない。どう表現していいのか分からない状態だった。

「それなら……」

　呟きが聞こえ、腹部からリクハルトの重みがなくなった。

「……っふぅ……ん……？」

　どうしたのだろうと腕の隙間からリクハルトを見ると、彼はティアの両脚を腕に抱え込んだ。さらに膝裏を手で摑むと、ティアの腰を押し上げる。

「んんん……っ！」

　先ほどよりも深く屹立が突き刺さった。奥をぐいっと押し上げられ、圧迫感がよみがえる。

「深……奥、いや……あ、あぁ……！」

　思わずリクハルトの腕を摑んだ。はっはっ……と浅い呼吸を繰り返し、それ以上入れないでと訴える。

　聞き入れてくれたのか、リクハルトはぐっと腰を引いた。そして浅い部分の内壁を先端でぐりぐりと擦る。

「慣れるまではこっちのほうがいいですかね」

　小さな呟きが聞こえるが、その意味までは分からない。リクハルトはぐちゅぐちゅと水音をさせながら、腰を回すようにして抜き差しをした。

まるで探るような動きに、ティアは怪訝な視線を送ってしまう。その直後、猛りの先端がある部分をぐりっと抉《えぐ》った。

「あああ……！　や……っん、あ……」

大きく体が跳ね上がり、咄嗟にリクハルトの腕に爪を立てる。

「ここですね」

冷静な声とともに、不規則だったリクハルトの動きが規則的になった。律動する剛直が、何度もぐりぐりと敏感な場所を擦る。

「あ、あ、んん……っ……んっ……」

全身をびりびりと駆け巡る快感に、喘ぎ声が止まらなかった。リクハルトが動くたびに、意識がそこに集中して、他に何も考えられなくなる。

「今、ティアを抱いているのは誰ですか？」

「……んん……あ、リクハ、ルト…っ…」

無意識のうちに、問いかけに答えていた。するとリクハルトは、満足そうに頷く。

「そうです。僕です。このまま屋敷から出ないでくれますよね？　誰とも……あの男とも会わないでくださいね？　それと、ブローチは返しませんよ」

「え……あぁ、ん……」

「軟禁されてくれますよね？　ね？　ティア」

「……ふあん、あ……う、んん……」

動きを少し遅くして、リクハルトはティアの顔を覗き込んできた。緩やかなその動きがもどかしくて、ティアはよく考えもせずに頷く。

リクハルトは小さく笑った。

「ずっとここにいてくださいね」

小刻みな抽挿で、感じる部分を的確に突いてくる。容赦なく屹立にかき回された膣内は、少しの動きでも敏感に反応した。

水音が大きくなる。けれど初めて感じる強烈な快感に頭の中まで侵され、それすらも聞こえなくなる。

「ああっ……！　んんんっ……！」

リクハルトの動きが激しくなったと思ったら、彼の舌が口腔に突き入れられた。喘ぎ声は彼の口に吸い取られ、舌がきつく絡められる。

苦しい。けれど彼のざらざらとした舌で口腔を舐め回されると、突き上げられるたびに全身に広がったむず痒いような疼きが一気に加速して、耐えられなくなってしまった。

頭の中が真っ白になって、ぐぐっと体が硬直し始める。

「も、……やぁ、駄目……っああん……っだめ……！」

「……僕もっ……」

余裕のない声が聞こえた。同時に、体の奥が熱くなる。

「んあぁ……はっ……んんぁっ！」

翻弄されて思考がまとまらないティアは、舌をリクハルトの舌に絡ませた。ぬるぬるとそれが絡まり合うと、びくっびくっと下腹部が痙攣する。お腹の中が熱いもので満たされていくのが分かった。

「……あ……ぁ……！」

受け止めきれない衝撃で頭が真っ白になる。ひどく硬直していた体が、ゆっくりと解れていった。

荒い息を整えたくても、リクハルトの唇は離れない。ティアはリクハルトの目から逃れるように瞼をゆっくりと閉じた。

どろどろになっていた思考が徐々に正常な状態へと戻っていく。

考えなくてはいけないことはたくさんあるはずなのに、脳は考えるのをやめて睡魔に身をゆだね始めた。

「一緒に達《い》けましたね……」

リクハルトの甘い声が唇をくすぐる。けれど余韻《よいん》に浸る余裕はティアにはなかった。

気持ち良かったのは確かだけれど、強制的に追い上げられる怒涛《どとう》の快楽についていくのがやっとだった。

ティアは重くだるい体を弛緩させて、まだ入ったままの彼のものの存在を感じながら意識を手放す。

——性行為って、なんて重労働なのだろう。

意識が沈む間際に思ったのは、リクハルトに対する虚しい感情よりも、そんな感想だった。

五章

　観念したとは言え、完全には合意することなく体を開かされた。その翌日だというのに、甘い花の香りを運んできてくれる風は心地よく、爽やかな小鳥の鳴き声に心が癒《い》やされる。

　窓の外を見れば、眩しいほどに光り輝く太陽と、芽吹き始めた新緑が寝不足の目に痛い。

　自分の精神的、肉体的疲労以外は、何も変わらないいつもどおりの光景だ。とは言っても、ここはムーアクロフト家ではない。リクハルトの屋敷だ。

　ティアはソファーの背にもたれ、昨日のことを思い返していた。その手の中には、リクハルトがくれた七つ葉のクローバーがある。

　四つ葉ですら見つけられなかったティアには、七つも葉がついているクローバーなんて奇跡が舞い降りたようなものだ。お守りとして大切に持っていたくて、袋を作ろうかと思案する。

「……ちゃんと作れるかしら」

そんな呟きを漏らした時だった。躊躇いがちなノックの音が聞こえた。

「どうぞ」

慌ててクローバーをナプキンの上に置き、体を起こしてソファーに浅く座り直す。背筋を伸ばしてから入室を許可した。

一礼して扉から入って来たのは、昨日のうちにリクハルトの従者だと紹介されていたライだった。

「おはようございます、ティア様」

ライはきっちりと無駄のない動きで腰を折った。

「おはようございます、ライさん」

ソファーから立ち上がったティアは、彼に倣《なら》って腰を折って挨拶をする。するとライは、生真面目な顔で言った。

「ティア様、私に敬語とそのような礼は不要です。使用人ですから。それから、私のことは〝ライ〟とお呼びください」

「あ、はい」

強い口調ではないし声が大きいわけでもないのに、落ち着いた態度で淡々と言われるとつい頷いてしまう。

ティアの返事を聞いたライは満足そうに目を細めた。もしかしたら微笑んだのかもしれないが、口が一文字のままなのでいまいち分かりづらい。

「本来ならリクハルト様は、今日は休暇のご予定だったのですが、急用でお出かけになっています。そのことをお伝えするために参りました」

いないと思ったら、出かけているのか。リクハルトとしばらく顔を合わせることはないと分かり、少しだけホッとした。

「それでは、失礼いたします」

「あ、待って」

本当に伝えるだけ伝えて素早く退出しようとしていたライを、ティアは慌てて引き止める。

「何か不備でもありましたか？」

振り返ったライは、僅かに眉を寄せた。ティアは首を横に振る。

「フォルトゥーナの様子はどうかしら？　あの子、私以外の人間にはあまり愛想がよくないから……」

朝起きたらフォルトゥーナに会いに行くのが日課になっているティアは、丸一日会っていない愛馬のことが気になっていた。するとライは少しだけ沈黙した。何かを考えるように顎に手を当てると、しばらくして小さく頷いた。

「ティア様、フォルトゥーナにお会いになりたいですか？」

「会いたいわ！」

間髪を入れずに答えると、ライはティアを促した。

「では、一緒に来てください」

部屋から出てもいいのかと意外に思いながらも彼の後について行く。行き先は厩舎だった。

ムーアクロフト家とは違い、キーツ家の厩舎は広くて作りも立派だった。そこには何頭もの馬がいて、馬の世話をする使用人も数人いた。その厩舎の端に、フォルトゥーナは繋がれていた。

「フォルトゥーナ！」

ティアが声をかけると、フォルトゥーナは嬉しそうに足を踏み鳴らした。駆け寄って抱きつくティアに彼は体を摺り寄せてくる。

「突然住み処が変わったのだから当然ですが、彼がティア様を恋しがって暴れるものですから、少し手を焼いていました。彼の世話はやはりティア様じゃないと駄目なようですね」

ライは少し離れた場所からティアたちを見ている。近づいて来ないところを見ると、もしかしたらフォルトゥーナに蹴られたか噛まれたかしたのかもしれない。

「私がフォルトゥーナの世話をします。この屋敷の敷地内からは出ませんから、構いませんよね？」

リクハルトはフォルトゥーナとの散歩は禁止したが、世話を禁止したわけではない。だからその条件なら受け入れてくれるのではないかと思った。

「そうですね。彼の世話はティア様にしかできませんので、お願いします。リクハルト様には私から伝えておきましょう。運動なら、屋敷の裏に牧草地があるのでそこでできますから」

フォルトゥーナによほど手を焼いたのだろう。ライはあっさりと許可してくれた。

ティアはさっそく、近くにかけてあったブラシを取って、フォルトゥーナのブラッシングを始める。気持ち良さそうに目を瞑るフォルトゥーナに微笑み、一心に彼の毛を梳《と》かした。

それにしても、敷地内に牧草地まであるなんて、キーツ家はなんて贅沢《ぜいたく》なのだろう。普通は屋敷の敷地内にそんなものは造れない。特に街中にある屋敷では、そんなに広い土地を確保できないのだ。

ティアは、はたと気づいた。ブラッシングの手を止めてライを見る。

「ライ、訊いてもいいかしら」

「なんでしょうか？」

離れた場所で、微動だにしないライは、表情も変えずにティアを見返してきた。

「リクハルトはどうして私と結婚したのかしら？」

自分の口からするりと出て来た言葉に、ティアはほんの少しだけ息が苦しくなった気がして胸を押さえた。同時に、ライの眉もぴくりと動く。

「それは、どういう意味ですか？」

「私よりももっといい結婚相手がいたのではないかと思ったの。彼は侯爵だし、資産家だし、王の側近でもあるのよね。それに顔もいいもの。性格に難ありでも、それだけ揃っていれば引く手数多だったのではないかしら？」

「……確かに、縁談の話は数え切れないほど舞い込んできていましたよ。ですが、リクハルト様はそれらに一切興味を示しませんでした」

ティアの言葉に少しだけ沈黙したが『性格に難あり』というのは否定しなかった。さらに一呼吸置いてから、ライは硬い声で続けた。

「ティア様には知っていていただきたいのでお話ししますが……」

改まった様子のライに、ティアも自然と姿勢を正した。

「リクハルト様は、愛を知りません」

「え？」

「リクハルト様のご両親は、お互いのこと、いえご自身のことしか考えていないような方たちでした。子供に関心がなく、ほとんど接することもなかったのです。だからリクハルト様は愛情を与え合うという経験がありません。子供の頃から賢くて、彼のすることはすべて成功していましたから、両親としても手のかからない子だったのです。彼の周りに集まるのは、彼の地位や才能を見る者たちばかり。何の打算もなく愛されることも守られることもなかった」

初めて耳にしたリクハルトの生い立ちに、ティアは何も言えなかった。黙って話を聞くティアに、ライは静かに続けた。

「そのせいでしょうか。結婚の意味が理解できないと常々おっしゃっていました。でも跡継ぎを作らないといけないのも理解している、と。だけど政略結婚をしても面倒が増えるだけだから結婚はまだ先でいいのだと、そうおっしゃっていたんですよ。そんなリクハルト様がティア様と結婚された。私はやっとあの方が愛を知ったのだと思いました。だからとても嬉しいのです」

彼の声に抑揚はない。けれどその瞳は僅かにだが煌めいている、……ような気がする。

ティアはその視線を受け止められなかった。思わず俯いてしまう。

──だって、だって……。

「……リクハルトは、私を愛してはいないわ」

やっとの思いで絞り出した小さな声は、微かに震えていた。それでもライにはちゃんと届いたらしい。

「なぜそう思うのですか？」

「私が誰を想っていても関係ないんですって」

顔を上げることができないまま、ティアは昨夜言われたことを告げる。

「リクハルト様がそんなことを……？」

「ええ。愛しているなら、少しぐらいは愛を返してほしいと思うんじゃないかしら。彼は私に浮気してもいいと言っているようなものなのよ」

「……リクハルト様はティア様を大事に思っていますよ」

「そうね。でも、私の愛はいらないと言われたわ」

つまり、自分の気持ちは不要と言われたのだ。それでは自分は彼にとって人形と同じではないか。

このまま愛のない夫婦生活を続けて行くのかと思うと寂しいし哀しい。

「リクハルト様はティア様と一緒にいると本当に楽しそうなのです。きっとティア様に接している時が、本来のあの方なのだと思います。だから、ずっとリクハルト様のそばにいてください」

言い募るライに、ティアは視線を合わせた。彼の顔には、僅かながら焦りが見える。

「ライは、リクハルトのことを大事に思っているのね」

彼の懇願に頷かなかったのは、リクハルトがどう思っているのか分からないからだ。だから、ずっと傍にいるという約束はできない。リクハルトから「もういらない」と言われる日がくるかもしれないとティアは思っていた。

頷かないティアに何かを察したのか、ライは一度キュッと唇を引き結んでから深く頭を下げた。

「申し訳ありません。使用人のくせに出すぎたことを言いました」

謝罪されても、ティアは首を横に振ることしかできなかった。

自分の気持ちもリクハルトの気持ちも分からない今のティアでは、ライの期待には応えられない。

そのことに罪悪感を覚えながら、ライが厩舎から立ち去るのを見送った後、ティアは一心にフォルトゥーナのブラッシングをし続けた。

❀　❀　❀

その頃、リクハルトは郊外にある大きな屋敷に来ていた。

リクハルトの前には、金髪碧眼の男が椅子に座っている。優しそうな細い目が特徴のその男は、机を挟んで立つリクハルトを見上げながら言った。

「君がここに来るのはめずらしいな。何かあったのかい？」

「これを」

短く言って、リクハルトはポケットから取り出したものを目の前の男に渡す。すると男は、目を丸くしてそれを見つめた。

「これは……」

呟き、男は光にかざすように持ち上げた。それはティアがフランツから贈られた柘榴石のブローチだった。

「もう一つのほうはまだ手に入れていませんが、引き続き監視は続けます」

淡々と告げるリクハルトに、男は頬を緩めた。

「君は仕事が速いな。昔から本当に優秀だ」

「ありがとうございます。では」

リクハルトは一礼し、踵を返す。すると、男が慌てたように立ち上がった。

「待て待て。君は短気だな」

「ここに長居はしたくありません」

引き止められ、リクハルトは渋々男を振り返る。リクハルトがここから立ち去りたいのは、早く屋敷に帰りたいからという理由だけではない。

「そうだな。君と二人だけで会っているのが知られると、皆、君に気をつけろと忠告してくるだろうな。君は悪い貴族の代表らしいからな。しかも、ティア嬢と結婚したのも何か企んでいるからだともっぱらの噂だ」

男が苦笑まじりに言った言葉に、リクハルトは目を伏せる。しかしすぐに男へと視線を戻した。

「そうです。だから僕とはあまり関わらないほうがいいですよ」

「それなのにわざわざ足を運んでくれたんだな」

「それはライが行けと言うから……」

言いよどんだリクハルトに、男は分かっていると言うように穏やかに微笑んだ。

「でもまさか、式まで挙げるとは思わなかったよ。彼女にはちゃんと説明したのかい？」

「いえ。何も」

首を振ると、男は目を瞠った。

「何も言っていないのか。それでよく式を挙げられたな」

「彼女はムーアクロフト子爵に似て誠実なので、僕との約束を守ってくれただけです」

「そうか。でも君はそれでいいのかい？」

気遣うような視線に、リクハルトは小さく頷いた。

「時が来れば彼女を帰します。それまでは笑顔でいてほしいんです」

「それまで、か。……すまないね」

突然の謝罪に、リクハルトは眉を寄せた。

「何がですか？」

「君が何を恐れているのか分かっているよ。その原因は私にもある。あの時私が……」

「いいえ。あなたは十分気にかけてくれました。あの時、あなたとライがいなかったら、僕はどうなっていたか分かりません。感謝しています」

一礼して顔を上げると、彼は苦しそうな表情で微笑んだ。

「君がこれからすることに口は出さないよ。でも、後悔しないような選択をしてほしい」

「肝に銘じます」

リクハルトは頷くと、今度こそ踵を返した。

早くティアの顔が見たいが、屋敷へ戻る前に調香師のところへ寄らなければならない。

注文していた品が出来上がったと連絡が来たのだ。

母は香水を好んでつけていた。だから女性は香水が好きなはずだ。

またあの笑顔を見せてくれるだろうか。

リクハルトは、七つ葉のクローバーを贈った時のティアの笑顔を思い出し、目を閉じた。

❀　❀　❀

式を挙げてから五日、愛を拒絶されたとはいえ、おおむね結婚生活は順調といえた。夫婦としての会話は一応あるし、次代を繋ぐための夜の営みも毎日ある。けれどティアには近頃一つ困っていることがあった。

始まりは四日前にさかのぼる。

ライと厩舎で話をしたあと、昼食を終え、ソファーでくつろいでいるところにリクハルトが現れた。

急用で出かけていたことはライに聞いていたが、もう風もずいぶん暖かくなっているというのに、外套と帽子を身に着けていた。

「ただいま帰りました」

「おかえりなさい。そんな格好をしてどうしたの？」

リクハルトはその質問には答えず、ポケットから何かを取り出してティアに差し出した。

「調香師にあなたをイメージした香水を作らせたんです」

「私をイメージした？」

小さな香水瓶を渡され、ティアは蓋《ふた》を取って匂いを嗅ぐ。柑橘系の甘い香りがふわりと鼻をくすぐった。甘すぎず爽やかで、でも少しすっぱい。意外にも、可愛らしい香りだ。

「気に入りましたか？」

「ええ。好きな香りよ。リクハルトから見た私はこんな感じなのね？　意外だわ。もっと甘さがないきついイメージかと思っていたのだけれど……」

何せティアがリクハルトにしたことと言えば、怒鳴ったり叩いたりとろくなことがない。

「何を言っているのですか。僕にとってティアは、真面目で正義感が強くて思いやりがあって負けず嫌いで、正義の鉄拳で僕を喜ばせてくれる、そんな素敵な女性です」

頬を赤らめて言うリクハルトに、ティアの頬は引き攣った。

途中までは良かった。後半部分さえ言わずにいてくれたら素直に喜べただろう。とはいえ、自分のことを思っての贈り物は嬉しいものだ。

「ありがとう」

ティアが笑顔でお礼を言うと、リクハルトは嬉しそうに目を細めた。

その翌日――。

「ティア、これをどうぞ」

仕事から帰って来たリクハルトが、昨日と同じようにティアの手に何かを握らせた。見るとそれは、花の形をした銀細工だった。

「髪飾り？」

「櫛です。髪飾りにもなりますけど」

櫛だと言われ改めて見てみると、花の下部には細かい切り込みがある。確かに櫛の形をしていた。

「可愛らしい櫛ね。ありがとう。嬉しいわ」

こういう可愛いものはすべてカリーナのものになっていたので、自分で使うのは初めてだ。自分用はいつも実用性のあるものばかり選んできたせいか、壊しそうで少し怖い気もする。しかしそれでも嬉しかった。初めての、自分だけの可愛い持ち物だ。

さっそく前髪を梳かしてみると、その使いやすさに笑みが零れた。視界の端で、リクハルトが満足そうに頷いているのが見えた。

さらに翌々日――。

「ティア、これをあなたに」

「え？　今日も？　ええと……普段着……？　動きやすそうなのは嬉しいけれど、これ絹でできていない？」

「嬉しくないですか？」

「……嬉しいわ。ありがとう」

でもさすがに普段着に絹はちょっと贅沢だわ……と眉を寄せると、リクハルトはなぜか首を傾げた。

そしてまた次の日――。

「ティア、今日はこれを」

渡されたのは、ドレスだった。リクハルトは普段使いの外出着だと言ったが、生地が柔らかで刺繍が凝っていて、一見地味なように見えるが高そうなドレスだ。

「どうですか？」

「ええ……素敵なドレスね。ありがとう」

ドレスを胸に抱きながらお礼を言ったが、うまく笑えなかったらしい。するとリクハルトは残念そうな顔をした。

日を重ねるごとに贈り物の値段が上がっているような気がして、ティアは次第に無邪気に喜ぶことができなくなっていた。

キーツ家が資産家なのは理解している。けれど、ティアにお金をかける必要はないと思うのだ。侯爵夫人として恥ずかしくないほどのドレスはすでに用意されているし、ティアの日用品にお金をかけるのなら、その分を施設にでも寄付したほうが社会のためだろう。

ムーアクロフト家も資産家ではあるが、父があまり贅沢を好まないため、ティアたちが着るものや使うものはそんなに高価なものではなかった。だから、リクハルトから毎日贈られる高価な品々にティアは気後れしてしまうのだ。

最初の夜に言われたことは覚えている。その言葉のとおり、彼は毎日贈り物をくれて、毎日ティアを抱く。特殊な性癖なのかと身構えていたけれど、初夜の時に腕を縛られて以降は普通の交わりだった。

ひどい行為を強要されるわけでもなく、贈り物とひきかえに抱かれる日々だ。けれど、先ほどのようにティアの反応を窺ったりするあたり、交換条件のためだけに贈り物をくれているわけではないようだった。

ティアの気持ちは求めないくせに、なぜ彼はティアを喜ばせようとするのだろうか。彼の真意が分からない。

どうしてリクハルトはティアを妻にしたのだろう。

考えても考えても、答えは出なかった。

フォルトゥーナと散歩をしている時も、本を読んでいる時も、ずっとそのことが頭から離れない。こんなに悩むのなら思い切って本人に聞こうと決心した、その夜。

寝入り間際のうとうととしている時に、夜遅く仕事から帰って来たらしいリクハルトが隣に体を横たえる気配を感じた。

「おやすみなさい、ティア」

囁くような声とともに、頬に柔らかな感触がした。なぜだろうか、こうしてリクハルトにおやすみの挨拶をされると、いつも安心して熟睡できる。

だが今日はまだ寝入るわけにはいかない。ティアは瞼も開けないほどの眠気の中、声を絞り出した。

「おか……え、りなさ……リク……ハルト、ろうして、毎日贈り物を……くれるの?」

呂律が回っていなかっただろうが、リクハルトはきちんと聞き取ってくれたらしく、めずらしく真剣な口調で教えてくれた。

「人の気持ちというのは、不確かなものだとは思いませんか？　だから僕は、物のほうが信用できるのです。信用できるものであなたに……」

睡魔に勝てなかったティアは、そこまでしか聞き取れなかった。肝心な部分を聞いていない。そう気づいたのは翌朝で、その時にはもうリクハルトの姿はベッドにはなかった。

六章

キーツ侯爵邸に連れて来られてから一週間が経とうとしている。

リクハルトの了承を得て、ティアは毎日フォルトゥーナの世話をしていた。

「この屋敷ではあなたらしくいてほしい」とリクハルトが言うので、ティアは動きやすい服装に着替えてフォルトゥーナを敷地内で走らせた。

依然としてリクハルトに対してモヤモヤとした気分を抱えたままではあるが、ある程度の自由を認められているので、それを発散する術はいくらでもあった。

結婚後にリクハルトから初めてもらった七つ葉のクローバーを眺めていると心が軽くなる気がするし、それでも駄目なら、フォルトゥーナに乗って駆けるのが一番である。

それにしても、この屋敷の敷地は馬鹿みたいに広い。感心を通り越して呆れてしまう。ムーアクロフト家の庭の十倍近い広さがあるのではないだろうか。徒歩で回ったらどれくらいの時間がかかるのか調べてみたいとも思う。しかし実行するには、飲み水と軽食を調達し、準備万端にしてからでないと少々不安だ。

手入れの行き届いた庭園の小道をそのまままっすぐに進むと厩舎が見えてくる。屋敷の裏門近くにあるそこは、木々が多くて落ち着く場所だった。馬たちにもとても良い環境である。

「散歩が終わったら、ブラッシングをしましょうね」

そう声をかけると、フォルトゥーナが減速した。何かに気をとられたように鼻先を垣根の向こう側へ向ける。

「どうしたの？」

つられるようにティアもそちらを見た。

すると人の声が聞こえてきた。今ティアが通っている小道を少し逸れれば裏門があるのだ。声はそこから聞こえてくる。

この屋敷の使用人たちがこんなに大きな声で雑談しているのは聞いたことがないので、客人かもしれない。

ティアはフォルトゥーナを止め、飛び降りた。フォルトゥーナの手綱を引きながら、こっそりと小道を逸れて木々の間から裏門付近を見やる。もし客人がこちらに来るならば引き返したほうが良いかもしれないので、様子を見ようと思ったのだ。

「お姉様に会わせて！」

客人の姿を確認する前に、聞き覚えのある声がした。ティアはフォルトゥーナにここで待つように言い聞かせてから、木々を抜け、裏門へと向かう。

垣根からこっそりと窺うと、予想どおりの人物がそこにいた。

「今日こそはお姉様に会わせて！」

妹のカリーナが、門番の腕にしがみついているところだった。カリーナの前には屈強な門番とライがいる。

「カリーナ？」

なぜこんなところにカリーナがいるのだろうか。可愛らしいその顔を見るのは一週間ぶりだ。

今日のカリーナは、ティアのお下がりのドレスを着ていた。ティアが着ると地味に見えていたドレスも、どんなものでも着こなしてしまうカリーナにかかれば慎ましい令嬢に見える。

よく見れば、髪飾りにも見覚えがあった。もともとティアが購入したものだったが、カリーナが欲しいと言うので、自分では一度もつけることのないままあげたものだ。やはり可愛いものはティアよりもカリーナのほうが似合う。

「何度も申し上げておりますが、ムーアクロフト子爵の許可がない以上、お通しできません」

「お父様はなぜか許可してくださらないの！　毎日来てるんだから、一度くらいお話しさせてくれてもいいじゃない！　たった一人のお姉様なのよ！」

「許可がないなら、それはできません。お引き取りください」

カリーナとライのやりとりを少し離れた場所で聞いていたティアは、この時初めてカリーナが毎日ここに来ているという事実を知った。リクハルトからも、たまに会うライからも、そんな報告は一度もなかった。

「お帰りください」

「い〜や〜！」

ライが門の外側へカリーナを追いやろうとするが、カリーナはなかなかの根性を見せ、押し合いの攻防を繰り返していた。

彼女にこんな力と根性があるとは思わなかった。意外すぎてついまじまじと二人の押し合いを見てしまう。

「お姉様はいつキーツ侯爵と出逢う機会があったというの？　私、そんな話聞いたこともないわ。無理やり政略結婚をさせられたのに決まっているのよ」

グググッと足を踏ん張り、ライを睨みながらカリーナは言った。けれどライは涼しい顔をして首を振った。

「政略結婚ではありませんよ。お互いに合意してご結婚なされたのです」

カリーナはなおも納得できないという顔で眉間のしわを深くした。

「キーツ侯爵って、貴族の間で悪の親玉って言われてる人でしょう？　そんな人なんかと合意して結婚するわけないじゃない！　お姉様はフランツと結婚したほうが幸せなのよ！」

「フランツというと……神官長の三男ですね。彼と結婚して本当に、幸せでしょうか？」

ライが鋭く目を細めて言った。カリーナは冷たい視線を向けられてビクッと小さく震えるが、それでも気丈《きじょう》に彼を睨み続けた。

「みんな言っているわ！　キーツ侯爵に関しては悪い噂しか聞かないって！　お姉様と結婚したのも、何か魂胆があるからだって！　侯爵の両親にもひどい醜聞《しゅうぶん》があると聞いたわ！　そんな男のところにお姉様が嫁いだなんて嫌よ！　絶対に幸せになんてなれないわ！」

じわじわと少しずつだが確実に門の外に追いやられながらも、カリーナは真っ赤な顔で必死に抵抗し、ライに嚙みつかんばかりの勢いで続けた。

「それに、最近急に貴族や政府の要人たちが何人も失脚してるのは私だって知っているのよ！　国王様が粛清《しゅくせい》しているのに違いないわ！　この分だときっと黒幕のキーツ侯爵も近いうちに爵位を剝奪《はくだつ》されて失脚するはずよ！　だから、キーツ侯爵と離縁してフランツと結婚するほうがお姉様のためなのよ！」

それを聞いて、ティアは目を瞠《みは》った。

「あなたがリクハルト様の何を知っているというのですか？　噂などで人を判断するのは、自分の狭量《きょうりょう》さを晒すようなものですよ」

きつい口調でそう言ってから、ライはカリーナとの押し合いをやめて屈強な門番に向かい何か命令した。門番は頷き、唐突にカリーナの体を荷物のように肩に担《かつ》ぎ上げる。

「きゃあ……！　ちょっと……！　何をするのよ！」

「カリー……！」

カリーナの悲鳴を聞いて、ティアは思わず身を乗り出した。姉として、妹を守らなければという思いが体を動かしたのだ。

しかし一歩前に足を踏み出したところで、突然何者かに腕を引っ張られた。そのまま強い力で垣根の陰へと引きずり込まれ、慌てて振り返る。するといつの間にそこにいたのか、リクハルトが咎《とが》めるような顔でティアの腕を掴んでいた。

「誰にも会わないでくださいとお願いしたではないですか」

穏やかな口調で言った彼に、ティアは眉を寄せた。

「まだ会っていないでしょう？　それにお願いというか……脅迫をされたのよね」

脅迫、という言葉を強調すると、リクハルトは笑みを浮かべた。

ない。


「約束を破ったら……分かっていますよね？」

　爽やかすぎる笑顔が怖い。ティアは渋々頷いた。

　リクハルトはなぜいつも計ったようなタイミングでティアの前に現れるのだろうか。常にティアのことを監視しているとしか思えないが、侯爵がそんなに暇なものであるはずもない。

　そうこうしている間に、カリーナは門番によって完全に門外へと出されてしまった。目の前で門を閉められたカリーナがそれを叩く音が響く。

「開けてよ！　お姉様に会わせて！」

「お帰りください。次からはこんなふうにはいきませんよ。ムーアクロフト子爵の許可をもらって、正々堂々と正門から来てください」

「どうして会わせてくれないの！　家族なのに会えないなんておかしいでしょ！」

　ライの冷たい言葉にもめげず、カリーナは抗議を続けている。

「カリーナは毎日ここに来ていたの？」

　責めるようにリクハルトを睨むと、彼はただ小さく首肯した。

「どうして教えてくれなかったの？」

「どうせ会わせられないのだから、伝えても意味がないと思ったのです。教えれば会いたくなるでしょう？　だから言いませんでした」

ティアは怒っているというのに、リクハルトは冷静だ。その態度にイライラが募る。

確かに、カリーナが会いに来たと聞けば会いたくなるだろう。だが、できれば言ってほしかった。隠されるのは、なんだか信用されていないようで面白くない。

「ティアを信用していないわけではありません。妹さんに会ったら実家に帰りたい気持ちが強くなって、ティアが苦しむかもしれないと思ったのです。でも……言わなかったことを許せないというなら、僕を殴ってくれて構いませんよ」

実際に、カリーナを見たティアは実家に帰りたいと思った。可愛い妹が、全身をティアのお下がりで固めて現れたのだ。いじらしくて愛しくて、抱き締めたくなるではないか。一緒に帰ってあげたくなるではないか。でも帰れない。そう思うと、リクハルトの言うとおり確かに苦しくなっていた。

「さあ！」と殴られるために頬を突き出してくるリクハルトのことは無視して、ティアは小さく溜め息をついた。

「それなら仕方がないわね。ところでカリーナが言っていたこと、全部聞いた？」

「ええ、聞きましたよ」

ティアが殴らないことを残念そうにしながらも、リクハルトはあっさりと答えた。ティアは眉を上げる。

「聞いていたのなら、悪の親玉だとか、近いうちに失脚するとか、それらに対しての弁解はないの？　それに……」

「その話は夜にでもしましょうか。それよりも……」

リクハルトはティアの言葉を遮り、自身の内ポケットに手を入れた。そして何かを取り出し、ティアに差し出してきた。

「ティア、これを受け取ってください。あのブローチは返せないので、その代わりと言ってはなんですが……」

「え？　どういうこと？」

言い訳を期待していたのにそれを後回しにされて戸惑っていたところに、突然、毎日の恒例《こうれい》となっている贈り物を渡された。今日はブローチらしい。

彼の言う『あのブローチ』とはフランツからもらった柘榴石のブローチのことだろう。それが返せなくなったとはどういうことだろうか。

「返しませんよ、と言ったら、快《こころよ》く頷いてくれたじゃないですか」

「いつ？」

「初夜の時に」

「……あの時……」

誰にも会わずに軟禁されること、には頷いた記憶はあるが、ブローチのことまでは覚えていなかった。

「でもあれ、高級品なんでしょう？　本当に返さなくていいのかしら？」

フランツに返そうとした時、リクハルトが『返すのは失礼』と言っていたので、正直どうしたものかと思っていた。

「いいですよ。僕が代わってあの男にお返しをしますから。そんなことよりも、このブローチ、やっと出来上がったんですよ。ついさっき届いたばかりなんです。気に入ってもらえるといいのですが」

リクハルトはフランツの話題をすぐに切り上げ、自分の用意したブローチをティアの手にのせると期待の眼差しを向けてきた。

透明度の高い大きな柘榴石が印象的なそれは、柘榴石の周りに小粒の金剛石がいくつも散りばめられ、下部には雫の形をした小さめの柘榴石が三つゆらゆらと揺れるように連結されていた。

「……これは、すごく高そうね」

つい素直な感想が口をついて出た。やはり、だんだんと贈り物の値段が上がっていっているのは間違いない。

「気に入らなかったですか？」

リクハルトの顔が途端に暗くなるのを見て、ティアは慌てて首を振る。

「とんでもない。作りが素晴らしくて、石も一級品でとても素敵だと思うわ」

「……これも駄目ですか」

顔を伏せたリクハルトが、小さく呟いた。なぜかひどく哀しそうな顔をしている。

そんな表情をする意味が分からないが、ティアは罪悪感を覚えた。

「リク……」

名前を呼ぼうとすると、リクハルトは顔を上げてニッコリと微笑んだ。

「すみません。僕はこれから少し外出しますので、おとなしくしていてくださいね」

そう言い残し、リクハルトは素早く踵を返して足早に去ってしまった。

「なんであんな顔……」

もしかしてこのブローチを渡すためだけに、忙しい合間を縫ってわざわざティアを捜しに来たのだろうか。それならもっと嬉しそうな顔をしてあげれば良かった。

リクハルトの哀しそうな顔を思い出し、ティアはブローチをギュッと握り締めた。


その日の夜、ティアはソファーで姿勢を正し、部屋に入って来たリクハルトを迎えた。

夕食時にも帰って来なかった彼だが、ティアが部屋で独り悶々としている間に帰って来ていたようでお風呂を済ませた後らしく、夜着姿だった。

「ねえ、リクハルト……」

リクハルトがティアの隣に座るのを待ってから切り出す。すると彼は、分かっているとでも言うように小さく頷いた。

「すみません、僕としたことが。行ってきますとただいまのキスは夫婦には必要なことですよね。これからはちゃんと……」

全然分かっていなかった。

ティアはリクハルトの的外れな発言を遮る。

「違う！　昼間のことを話したいの！」

「ああ、昼間のことですか」

「そうよ。カリーナが言っていたこととか……」

それに、贈り物のお礼をきちんと言えなかったから言いたい。あれからずっと、リクハルトの哀しそうな顔が頭から離れなかったのだ。

「何が訊きたいですか？　答えられることは正直に話します。不安に思っていることはすべて吐き出してください」

リクハルトは穏やかに言った。その瞳が優しかったので、ティアも心を落ち着けることができた。

「じゃあ、まず……あなたが悪の親玉だというのは本当なの？」

「確かにそう言われています」

　否定してほしかったのに、リクハルトは頷いた。

「……どうしてはっきり否定しないの？　最近急に要人が失脚しているそうじゃない。黒幕であるあなたも近いうちに失脚するらしいわよ」

「僕は失脚はしないと思いますけどね」

　のんきな返事にますます腹が立つ。

「失脚はしないって何？　本当に黒幕だから尻尾きりをしたということ？　それとも悪いことはしていないから何の心配もないってこと？」

　その二つには大きな差がある。その立ち位置で、彼のこれからが変わってくるのだ。

「心配はいらないということです。ティアに苦労はさせません」

　だから大丈夫です、とリクハルトは言う。黒幕説を否定しているのか捕まらない自信があるのか、微妙な返事だ。どちらにもとれる言葉だが、ティアは前向きに捉えることにした。

「それならどうして噂を否定しないの？　悪い噂を流されたままでいいの？　ご両親のことも悪く言われているのよ。言わせておいていいの？」

　ティアが唇を噛むと、リクハルトは小さく首を傾げた。

「両親のことは特に何とも思っていません。実際に問題のある人たちでしたし」

「問題……？」

「はい。彼らはお互いのことしか考えていませんでした。どうやって互いの愛を繋ぎとめておくか、それだけにしか興味がないような夫婦でした。家令が優秀だったから良かったですが、執務にも支障をきたすことがあって……。どうしようもない人たちでしたよ」

淡々と語るリクハルトの表情は平然としていて、両親に対して本当に何も感じていないようだった。

「公にはしていませんが、両親は心中したんです。僕の目の前で」

「え？」

さらりと続けられた言葉に、ティアは目を見開き唖然《あぜん》とした。

「どう見ても相思相愛なのに、なぜかだんだん疑心暗鬼になっていって、愛を疑って、繋ぎとめようと躍起になって、しまいには『本当に愛しているなら一緒に死のう』という結論になったようで……。僕はずっと二人の傍にいたというのに、彼らは最期までお互いしか目に入っていませんでしたよ」

「そんな……」

「僕は彼らを止めませんでした。見殺しにしたんです」

静かに、けれど窺うようにリクハルトはティアを見つめてくる。

そんなに深刻な話を軽く言わないでほしい。リクハルトの両親のことは、ライから少し聞いていた。しかし、そんなにも悲惨な体験をしているとは思わなかった。

彼が愛を知らないのは、彼の両親のような愛し方が理解できないからではないだろうか。子供に一切の関心を払わず自分たちのことばかりだなんて、親としても人間としても失格だ。そう思ったら、故人とはいえ彼の両親に対して怒りが湧いてくる。

途端に、こちらをじっと見つめてくるリクハルトが、独りぼっちで膝を抱えた子供のように見えてきた。

ティアはリクハルトの顔を両手で挟み、強い口調で言う。

「リクハルトは悪くないのよ。そんな自分勝手な人たち放っておいて正解だわ。だって、二人一緒に死ぬことが彼らの幸せだったのでしょう？　でも、リクハルトを独りにしたことには怒りを覚えるわね」

もしティアが同じ状況に置かれたら、きっと心中を止めてしまうだろうと思う。しかしそれは、ティアがリクハルトと同じ環境で育ったわけではないからだ。親に愛されず、頼ることすらできなかったのなら、彼と同じ選択をする可能性は十分にあった。

ティアが怒っていると、リクハルトは嬉しそうに笑った。

「こんな話を聞いても、ティアは僕が悪い人間だと思っていないのですね。なんでそんなに怒ってくれているんですか？」

「……子供を放置する親は、倫理的に許せないからよ」

リクハルトは、賭けをけしかけたり、ティアのことを脅したりするずるい男だ。それでも悪人だとは思えなかった。だからつい力が入ってしまっただけだ。

「ありがとうございます。ティアは、やはり素晴らしい人です」

キラキラとした瞳で褒められると悪い気はしない。少しだけ機嫌を直したティアに、リクハルトは続けて言った。

「今こんなことを言うと調子のいいやつだと思われるかもしれませんが、ティアの家族には落ち着いた頃に会わせてあげます。もっと早く伝えるべきでしたね」

「本当に？」

ティアはその言葉だけで一気に気分が浮上した。

単純かもしれないが、約束をしてくれるだけで満足だった。それを希望にすれば、この先いつまで続くのか分からない軟禁生活にも耐えられる。

今度カリーナに会う時は、あの子が好きなお菓子をたくさん持っていってあげよう。そして思いっきり甘やかしてあげよう。そう考えるだけで、胸のモヤモヤが吹き飛ぶような気がした。

昼間に見たカリーナの不機嫌顔がお菓子を見て満面の笑みに変わるのを想像し、ふと思い出す。

「あ、それと……」

ずっと言わなければいけないと思っていたことだ。決心が鈍らないうちにと口を開く。

「毎日贈り物をありがとう。私に似合うものばかり選んでくれているのよね。とても嬉しいわ」

心から感謝の言葉を告げると、リクハルトが嬉しそうに目を細めた。

「何か気に入ったものはありますか？」

「全部気に入っているわ。今までくれた品々は、なぜか怖いくらいに私の趣味を熟知したものばかりだから」

「そうですか。良かった。他に欲しいものがあれば何でも言ってくださいね」

どんなものでも用意します、と張り切るリクハルトを見て、ティアは少し心が痛む。けれど、今言っておかないと彼の贈り物は止まらないだろう。

「あのね、リクハルト。これ以上私にお金を使わないでほしいの。私はもう十分満たされているから」

そう言うと、それまで嬉しそうな表情で聞いてくれていたリクハルトが、ふっと無表情になってしまった。それでもティアは思い切って本音を打ち明けるため、話し続ける。

「その分、寄付をしたほうがキーツ家のためにも、社会のためにもなると思うの。私は贈り物なんて……うむっ！」

『贈り物なんてなくても妻としての役目は果たすわ』という一番肝心な言葉は、リクハルトの唇によって突然奪われてしまった。噛みつくように乱暴に唇が塞がれる。

「リ……ん……ぁ……」

抗議をしようとしたら、舌を搦めとられた。背を反らして逃げようとしても、両手で顔を摑まれてしっかりと固定されてしまった。

一度きつく吸い上げられた舌は、ゆっくりとした動きで表面を擦られ、根元まで舐め尽くされる。

「……ふ……あ……」

リクハルトの舌は巧みにティアを攻め立て、欲望を煽《あお》る。体の力が徐々に抜けていき、それに気づいた彼がティアの後頭部に手を添えてソファーに押し倒してきた。

それでも唇を離すことはなく、舌先で上顎をくすぐるように刺激してくる。それと同時に、彼は指の腹で優しく耳や首筋を弄り始めた。

口腔を執拗に貪られ、指で弱い部分を愛撫されると、息が上がって思考能力が低下する。

ティアはうっすらと目を開けてリクハルトを見た。

毎日のように抱かれ、感じやすくなってしまったティアの体は欲望に正直だ。リクハルトに対する気持ちはいまだはっきりしないのに、体は彼を求めるようになってしまった。

近すぎてぼやけた視界に、彼の青い瞳が映る。それはいつもと変わらないはずなのに、なぜか違和感を覚えた。

「リクハルト……？」

リクハルトの表情がどこかおかしい気がする。いつもと違う理由を探そうとしてその瞳を見つめるが、彼はすぐに瞼を閉じてしまった。途端に表情が読めなくなる。

すぐに、上顎を舐めていた舌がぐりぐりとティアの舌を押してきた。ティアは促されるまま擦り合わせるように舌を動かす。ここ数日でリクハルトに教え込まれたのだ。すると彼は、舌の動きを激しくした。

「……んっ……んんぅ……」

下腹部がじんわりと熱くなり、ティアは思考を奪われる。そのまま溶け出してしまいそうになる欲望を抑え、リクハルトのシャツにしがみついた。

リクハルトとの夜の営みで、口づけが前戯であることを初めて知った。教育係の講義では、口づけはそこまで淫らな行為ではないと聞いていたのに。リクハルトに口づけられるだけで腰が抜けたようになってしまうとはどういうことだろうか。

ティアは彼に言わなければいけないことを忘れて、必死に口づけに応えた。

舌を彼の口腔へと引っ張られたかと思ったら、今度はティアの口腔に押し込まれる。そして食むように唇を吸われ、歯を立てられた。

その間にも、リクハルトの手は器用にティアの服をするすると脱がせていた。口づけだけで力が抜けてしまったティアはされるがままだ。

「腰を上げて」

囁かれるように言われ、考えるより先に体が動いた。

ドロワーズを足から抜き取ったリクハルトは、自分もシャツを脱いだ。肩の包帯はまだとれていない。

「……治っていないのね。痛い？」

ティアは肩に手を伸ばし、リクハルトを見た。すると、いつもならティアから視線を逸らすことのない彼がなぜかすっと目を逸らした。

やはり、今日の彼は何か変だ。

眉をひそめると、リクハルトは素早く自分が脱ぎ捨てたシャツを拾った。何をするのかと思って見ていたら、彼はそれでティアの視界を塞いできた。

「今日は、目隠しをさせてください」

頭の後ろでしっかりと縛られ、何も見えなくなる。突然視界を奪われたティアは、恐怖を感じてシャツをはがそうと手を伸ばした。しかしリクハルトの手によって両腕を頭の上でひとまとめにされてしまう。

「……どうして？」

不安と苛立ちで、僅かに声が震えた。

こんなふうにどこかを縛られるのは初夜の時以来だ。腕を縛られた翌日から普通の交わりだったから、彼の性癖は思いすごしだったのかもしれないと安心していたのに。

それなのに急にこんなことをされて、ひどく戸惑った。

「興奮するからです」

清々しいほどにきっぱりとした答えに、ティアは押し黙った。

やはりリクハルトの性癖は特殊だったようだ。

「腕も縛りましょうか？」

「必要ないわ！」

「そうですか……」

声から察するに、彼は残念そうな表情をしているのだろう。でもここで甘い顔をしてしまえば、次はそれ以上の要求をされそうで怖い。

特殊な行為は一夜に一つまでしか許さないことにしよう。そう心に決めてきゅっと口を引き結んだティアに、リクハルトは小さく笑ったようだった。

「目隠しは自分で外してはいけませんよ」

拘束していたティアの両腕を解放しながら、彼は言った。

腕を縛られることは避けられたのだ。視界を塞がれたくらいどうということはない。相手がリクハルトだと分かっていれば、目隠しをされたって怖くない……と思う。

どうにでもなれという気分でリクハルトに身を差し出したティアだったが、その気合いはすぐに崩れ去った。

彼は無言で首筋に舌を這わせ、耳の穴に指を差し込んできた。

「リクハルト……？」

心細い気分で呼びかけたというのに、彼は返事をしなかった。リクハルト以外の人間はここにいないはずだが、やはり見えないと不安になる。これは本当にリクハルトだろうか。

ティアは手探りで彼の頭を摑んだ。するとリクハルトはくすぐったそうに身じろぎし、頭を下げたかと思ったら、ティアの喉もとにかぷりと噛みついた。

「……っ……ぁん……」

驚いて身を固くし、リクハルトの髪をぐしゃっと握ると、鎖骨付近をきつく吸われた。つきりとした痛みが広がる。

その痛みが鎖骨から胸に向かって進んでいき、むず痒さに、ハア……と熱い息を吐き出した刹那、胸の突起にぬるりとした感触がした。

「あっ……う、んんっ……」

舌が突起に絡み、彼の手が両方の胸を下から包み込んだ。反対側の胸の突起は指で摘まれ、ぐりぐりと転がされる。

「ね、リク……もっと……ゆっく……あぁ、ん……！」

背筋を駆け抜ける快感が大きい。だからもっとゆっくりしてほしかったのに、ティアの懇願は無視され、両方の突起を押し潰すように刺激される。

「……や、んん……強い……はぁ……あ、や……」

なんだか体がおかしいことに気づき始め、ティアはリクハルトの頭を摑んで胸から口をはがそうとした。だが、与えられる愛撫は激しくなる一方だった。

ティアは、ハアハア……と荒い息を吐き出しながら、愛撫から逃れようと身を捩らせる。

いつもより体が敏感になっていた。

「リク、ハルト……ね、お願……い……リクハルト……っ！」

何度もリクハルトの名を呼ぶ。しかし、行為の最中いつも饒舌《じょうぜつ》な彼が、なぜか今日は何も言ってくれなかった。

だから余計に不安は大きくなり、じんわりと涙が溢れてくる。

リクハルトはティアの股座に足を差し込んできた。膝をぐりっと秘部に押し当てられ、敏感な部分を擦るように上下に動かされると、びくびくと体が震える。すると、ふっ……とリクハルトが笑った気配がした。

彼は舌で胸の突起を愛撫しながら、反対の胸を弄っていた手を下腹部へと移動させた。するりと腹部を撫でた指が、膝を押しつけていた箇所に這わされる。

「あっ……！」

割れ目をひと撫でされただけで、腰が浮いた。ぬるりとした感触が伝わってきて、下腹部にじんじんとした熱が集まっていく。

指が秘部を何度も往復し、そのたびに上部にある敏感な部分を掠った。小さく声が漏れ、ちゃんと触ってほしくて腰が僅かに揺れるが、ティアは慌てて動きを止めた。

「ん……や、リクハルト……何か、言って……」

今自分に触れているのがリクハルトだと確認したかった。彼の声を聞けば安心して身をゆだねることができるような気がしたのだ。

もしリクハルトじゃなかったらと思うと身が竦んだ。

リクハルトじゃないと、私は……。

そこまで考えた時、リクハルトが言った。

「目隠しで興奮しているのですか？　いつもより濡れるのが早いですよ」

やっと彼の声が聞けたと思ったら、それはティアの反応を揶揄《やゆ》するものだった。

「そんなわけな……っあぁ……」

否定したくても、リクハルトが指を動かすたびにぐちゅぐちゅと水音が響き、彼の言葉が嘘ではないという証明になってしまった。

視覚が塞がれた分、聴覚が研ぎ澄まされているのか、水音もいつもより大きく聞こえる。

「や、あ……聞か、ないでっ……あん、ん、ふぁ……」

指が膣の入り口を浅く行き来する。くちゅくちゅと淫らに響くその音が、自分の体内から分泌された液体のせいで出ているのだと思うと恥ずかしくて、リクハルトに聞かれたくないと強く思った。

「聞きたいです。もっと」

言いながら、リクハルトはぬるぬると自分の指に愛液を塗りつけるように膣口を撫でると、敏感な花芯の周りを挟むように緩く摘んだ。

「……んっ……！」

じんわりとした気持ち良さに、腰が震える。

もっと強い刺激を知ってしまっている体は、無意識にそれを求めて彼の指に花芯を押しつけるように動いた。

「リク……っああ、……んぅ……」

焦らされ、我慢できないほどに体が疼き出した。もっと強い快感が欲しくて腰が揺れる。

するとリクハルトが、耳に息を吐きかけながら囁きかけてきた。

「どうしてほしいですか？」

その優しい口ぶりが、今は無性に苛立たしい。

「リクハルト、意地が悪……っっ！　ぁんん！」

最後まで言えないうちに、花芯をグリッと押し潰された。突然の強い快感に、ティアは体を痙攣させてリクハルトの腕を抱き締める。

「…やっ……もう、やぁ……！」

今度は花芯をグリグリと回すように刺激してくる。強烈な快感が一気に襲ってきて、体も頭もついていかない。

何かに縋りつきたくて手に力を込める。きつく摑んだそれはリクハルトの腕であるはずなのに、それすらも分からなくなるくらいに何も考えられなくなっていた。

小刻みに体が震え始め、足先がピンと伸びる。頭の中が、自分の喘ぎ声とリクハルトの呼吸音で埋め尽くされた。

「我慢しないで、ほら……」

いつもより低い彼の声に、ぞわりと悪寒に似た震えが走る。

「……や、ぁあ、やぁ……も、……んああ！」

ハッハッと短い呼吸を繰り返し、ティアはそのまま激流に呑み込まれるように瞬く間に絶頂へと押し上げられる。

「……っ……ふ、…ぁ…」

ビクッビクッと大きく体が跳ねた。息がつまり、呼吸が浅くなる。懸命に息を吸い、徐々に弛緩していく自分の体の感覚に神経を集中していたら、布擦れの音がやけにはっきりと聞こえた。

視界が遮られているせいか、聴覚や触覚がリクハルトの動きをいつもよりはっきりと感じ取る。彼はティアから体を離すと、クスリと笑った。

「まだ、終わりではないですよ」

笑いを含んだその声は下腹部辺りから聞こえる。もしやと思って咄嗟に彼から離れようとするが、その前に両足を摑み上げられ、頭がソファーに沈んでしまった。

「ま、待って、リクハルト……！」

慌てて手を伸ばしたティアだったが、次の瞬間には、予想どおりの刺激が襲ってきた。

「ああん……っ！」

濡れた何かが花芯を舐めた。それがリクハルトの舌であるのは見なくても分かる。指とは違う快感に、ティアは顎を反らして悶えた。

「指と舌、どっちがいいですか？」

水音を立てながら花芯を舐め、リクハルトはもごもごとした声でそんなことを聞いてくる。

答えられなくてティアは首を振った。すると彼は、先ほどよりもさらに過敏になっている先端にチュッと吸い付いた。

「ああ……っ！　んうん……」

ついでとばかりに歯を立てられ、ティアの体は大きく痙攣した。ドロリと膣口から愛液が漏れ出すのが分かる。

「こっちのほうが好きみたいですね」

舌先で花芯を潰しながら、嬉しそうにリクハルトが言った。そしてゆるゆると指で割れ目をなぞる。すぐにその指は膣内に挿入された。

息を吐き出し、ティアは指を受け入れる。力を抜かないと圧迫感があるからだ。

「あ……！」

しかし即座にその指が膣内の敏感な部分を引っ掻き、体に力を入れてしまうことになった。リクハルトの指の形が分かるほど、膣が収縮する。

そこからは休む間もなかった。リクハルトの舌が花芯を愛撫し、指が膣内を刺激する。同時に敏感な場所を攻められればひとたまりもなく、ティアは首を振って快感に耐えながらも何度も追い上げられてしまった。

どんどんリクハルトの攻めが激しくなり、小さな絶頂から大きな絶頂まで数え切れないほど繰り返し、くたくたになるまで体を弄り倒された。

こんなにも連続で追い上げられたら、頭がおかしくなる。体が過敏になっていて、少し触れられただけでもビクビクと震えた。しまいには『もう嫌』と泣き出してしまっていた。

たくさん絶頂を与えられて疲れたのに、まだ足りないと体が疼く。

自分はおかしくなってしまったのだ、と涙が溢れて止まらない。

「ティア、僕が欲しいですか？」

チュッと唇に吸い付き、リクハルトは甘い声で囁く。

やっぱり行為中のリクハルトは意地悪だ。

「……分かっているくせに」

恨みがましく言えば、彼は少し笑った。

「言ってほしいんです。ティアに求められたいんですよ」

ずるい。懇願するような口調は反則だ。

ティアはもじもじと膝を擦り合わせ、腕を伸ばしてリクハルトに触れる。彼の首であろう部分をぐいっと引っ張り、耳に口を押し当てた。

「リクハルトが欲しいの。お願い。……っ……う、ぁんん……！」

恥ずかしい言葉を口にした直後、予告もなく、ずんっとリクハルトのものが体内に入ってきた。最初に比べれば楽に入るようになったとはいえ、馴染むまでの串刺《くしざ》しにされたような圧迫感は変わらない。

「……ふう……」

間近でリクハルトの溜め息が聞こえた。どうしたのかと彼の顔に手をやると、その手を握られる。

「ティアの中は相変わらず狭いですね」

何かを耐えるような声だった。ティアは握られた手にぎゅっと力を込める。

「痛いの……？」

「痛くないですよ。とても気持ち良いです」

「本当に？」

「はい。分かりますか？　中が蠢いていますよ。ティアが僕を欲しがってくれている証拠です」

満ち足りた声で、リクハルトはそう囁いた。

言われなくても分かっている。膣内がリクハルトのすべてを取り込もうとしているかのように、大きく収縮しているのだ。

リクハルトは、ティアの心はいらないと言うのに体は欲しいようだった。リクハルトの求めに応じるととても喜ぶし、こうしてティアから求めると嬉しそうだ。

リクハルトのことを理解したいと思うのに、こういう時は特に彼のことが分からなくなる。それでも、彼は確かに今ティアのことを欲している。

「ティア」

リクハルトに呼ばれると胸が痛くなる。その理由は、まだはっきりとは分からなかった。けれど、恋慕に似た感情であることは分かっていた。

彼に求められるのは嬉しい。触れられるのは嬉しい。

「リクハルト……」

ティアの夫。たとえ彼が悪人だとしても、ティアだけは最後まで彼の傍にいてあげよう。

彼の過去の話を聞き同情したのもあるが、彼がこんなふうにティアを求めてくれるから。淑女ではない自分も受け入れてくれるから。だから一緒にいようと思えるのだ。

「お願いです。ティアはそのままでいてください」

握った手を離し、ティアの頬を撫でながらリクハルトは言った。それは体勢のことだろうかと訊き返す。

「この、ままで……？」

「そのままのティアがいいです」

どうやら体勢のことではなかったらしい。リクハルトの言葉の意味を理解したティアは、しっかりと頷く。

「私は、変わらないわ。……だからリクハルトも……そのままでいてね」

本当なら目を合わせて言いたかった。しかし目隠しを外すなと言われているので、見えない目を凝らしてリクハルトの顔があるだろう場所を見る。

「このままで……いいのですか？　僕はずるい男ですよ？」

「……そんなの、知ってるわ。あ……でも、贈り物は……」

「……聞きたくないです」

返ってきた声は、微かだが震えているような気がした。そして突然、膣内に入っていたリクハルトの猛りがズルリと抜かれた。

「……っ……！」

衝撃に驚いていると、ぐるりと体を反転させられた。ソファーに顔を埋める体勢になり、ティアは戸惑う。

「リクハルト……？」

困惑している間に腰を高く上げられ、秘部に猛りの先端を撫でつけられる。割れ目をなぞっていたそれは、突如、窪みにぬるりと入り込んできた。

「……は、あ……んっ……！」

リクハルトの屹立が奥深くを突いた。途端に、痺れるような快感が脳天を突き抜ける。後ろから貫かれるのは初めてだった。

いつもより深い挿入に一瞬呼吸が止まる。苦しいのとジンとした快感が同時に襲ってきたのだ。

「ああ、ぁん……ん、は、あぁ……」

先ほどまでは動かずにいたリクハルトだったが、今度は容赦なく腰を打ちつけてきた。ズンズンと何度も膣奥を突かれ、その刺激がずっと欲しかったティアは、ただだらしなく喘ぐことしかできない。

「ん、んぁ……あ、あ、……ふぅん……」

ティアは与えられる刺激に集中する。リクハルトは気持ち良いところを的確に突いてきた。激しいその動きについていくのがやっとのティアは、ソファーにしがみつくしかない。

しかしそうしているうちに、ソファーに顔が擦れてだんだん目隠しがずれていく。それが分かっているはずなのに、リクハルトは目隠しを直そうとはしなかった。

暗闇から解放されたティアは、肩越しに振り返った。うっすらと額に汗の浮かんだリクハルトの顔は、苦しそうに眉が寄せられていた。

ティアは崩れ落ちそうになるのを必死に堪え、リクハルトの顔を見続けた。首がつらいが、彼の顔が見えないのは不安なのだ。

リクハルトはティアと目を合わせたまま、さらに動きを速くした。膣内を擦る猛りがますます硬くなり、まるで抉るように抽挿が繰り返される。

「っ……あああ……あ、んん……！」

「欲しいものは何でもあげます。遠慮なく何でも言ってください」

こんな状態でなぜそんな話をするのだろう。快感でどろどろになった頭では理解できない。

「お願いです。いらないなんて言わないでください。ティア……僕を拒まないで」

拒んではいない。いつもこうしてちゃんと受け入れているではないか。それなのにどうして、リクハルトはそんなことを言うのだろう。

考えられたのはそこまでだった。熱い猛りによりいっそう深く抉られ、ビリビリとした強烈な快感が全身を駆け巡る。

「……くっ……ぅ……」

「あ、あ、ぃ……も、ぁあああんんん……！」

リクハルトの呻き声と、自分の甲高い悲鳴のような喘ぎ声が部屋中に響いた。

全身が硬直し、繋がっている部分が激しく痙攣する。気持ちが良くて、体が溶けてしまいそうだ。

リクハルトが腰を摑んでいてくれるから腰は浮き上がっているが、上半身はソファーに沈み込んでいた。

しばらく体の震えが止まらなかった。体内にある猛りがビクビクと動く。それと同じように膣も動いた。しばらくして、ズルリと猛りを引き抜かれる。

栓が抜けたせいで、中からどろりとした液体が流れ出てきた。それが太ももを伝い、ソファーに零れる。

「いやらしいですね」

太ももを濡らす己の体液を指ですくい、リクハルトはそれをティアの膣内に塗りこんだ。

「……あっ……ぁん……」

まだ敏感な部分を擦られ、ビクッビクッと体が跳ねる。すると次の瞬間、まだ指が入ったままのそこに再び大きくなった猛りが強引に押し込まれた。

「あぁ……んんっ……！」

射精したばかりだというのに、なぜこんなにもすぐに大きくなるのだろうか。そんな疑問も、膣内をギチギチに埋める物体による刺激で吹き飛んだ。

入っているだけで快感を覚えるなんて、自分の体はなんて淫らなのだろう。

お互いに過敏になっていたせいか、何度か抽挿されただけで否応なく絶頂へと導かれる。

「や、やぁ……あ、も、また……あぅんん……！」

白濁のせいで滑りが良くなったのか、リクハルトのものがさらに奥へと入ってきているような気がした。

グチュクチュと粘り気のある音を響かせ、中をかき回される。そのたびに頭の天辺《てっぺん》を突き抜けるような快感が走り、体が小刻みに跳ね上がって、声にならない声が漏れ出た。

リクハルトの動きが速くなる。抉るように突き上げられ、痺れるような浮遊感に襲われた。

「……ぅ、んっ……！」

強烈すぎる快感に息がつまり、声が出ない。下腹部に力が入り、中を擦る猛りをきつく締め上げた。

リクハルトが唸る。いっそう速くなった動きについていけず、ただただ揺さ振られ、意識が遠のき始めた。しかしまた膣内に熱い白濁が叩きつけられるのを感じ、その感覚に意

識が引き戻される。

「あ……あ……ぁん……」

荒い息とともに小さな喘ぎを吐き出す。瞼が重かった。だるくてもう何もしたくない。

呼吸が整うと、ティアは泥のように重たい体をソファーに横たえ、瞼を閉じた。

「欲しいものは何ですか？」

眠りに落ちる寸前のところで、リクハルトがティアの髪を梳きながら問いかけてくる。

「ええと……」

「新しいドレスはどうですか」

ティアの答えを聞くことなく、リクハルトは提案してきた。ティアは途切れる意識の中で、ゆるゆると首を横に振った。

「もう十分もらったもの……」

だからもう贈り物はいらない。欲しいのは、ドレスやブローチではなかった。

欲しいものは何かと訊かれた時、ティアの脳裏に浮かんだのは、リクハルトの笑顔だった。

舌も回らなくなってきて、最後までは言えなかった。それでも、髪を梳いていたリクハルトの手が止まったのは分かった。

「贈り物は僕の気持ちです。受け取ってもらえないと僕は……」

眠りに落ちる寸前に聞こえてきたのは、ひどく切ない声だった。

どうしたのだろう。心配なのに、瞼が上がらない。普段は鬱陶《うっとう》しいと思う時すらあるのに、そんな声を聞いてしまったら邪険にできないではないか。

「お願いです、ティア……」

掠れたようなリクハルトの声を聞きながら、ティアは意識を手放した。

❀　❀　❀

夫婦の寝室がある階の端に、リクハルトの執務室はある。

寝入ってしまったティアをベッドに運んだ後、リクハルトは侯爵としての仕事をしていた。と言っても、優秀な家令がいるため、溜まった書類にさっと目を通してサインをするだけである。

書類の積み重なった机から顔を上げたリクハルトは、仕事の報告を終わらせて執務室から出て行こうとしたライを呼び止めた。

「明日分のティアへの贈り物の手配を頼みます。次は靴がいいですかね」

顎に手を当て、次の贈り物を何にしようか考えていると、扉の前にいたライがこちらに戻って来て机の前に立った。

「贈りすぎではありませんか？」

咎めるようなライの言葉に、リクハルトは首を傾げる。

「女性は高価なものが好きなのでしょう？」

「ティア様は、あなたのお母上とは違いますよ」

ライの冷静な声がやけにはっきりと脳に響いた。その言葉が体中に浸透して初めて、自分が父と同じようなことをしていたことに気づく。

母は疑り深い人だった。『人の気持ちは変化するものだから』そう言って、父から贈られる高価な品々で愛の重さを量っていた。だから父は、毎日母に贈り物をした。仕事以外のことに不器用な父は、そうすることでしか気持ちを表現することができなかったのだろう。

「ティアが母と違うのは分かっているつもりです。でも、贈り物の他に何で彼女を繋ぎとめておけるのか……」

「贈り物をしなくても、ティア様はここにいてくれますよ」

生真面目なライの顔は、なぜか自信ありげに見えた。

「そう……ですかね。見返りがないと人は不満に思うものでしょう。無条件で一緒にいてくれるなんて都合のいい考えです」

七つ葉を受け取った時のように笑ってほしかった。あの時と同じ笑顔が見たいのに、なぜか最近のティアは浮かない顔をする。

昨夜ティアは「贈り物はいらない」と言おうとしていた。それを聞きたくなくて強引に口を塞いでしまった。

いらないと言われて、自分を拒否された気分になったのだ。

平常心を失っている自分を見られたくなくて、『興奮する』と嘘をついてティアに目隠しをしてしまった。そのままでいて、と言ってくれた彼女の言葉に泣きそうになったのを見られずに済んだし、視覚を塞いだ分彼女の感度が良くなったので、結果的には良かったと思う。

黙り込んだリクハルトに、ライが小さく溜め息を吐いて言った。

「フランツ・シュラールからティア様に贈られたブローチはもうあの方に渡しましたし、後はティア様をこの屋敷に留めておいて、もう一つの行方を捜して取り返すだけですよね。それだけのために贈り物をし続ける意味が分かりません」

「……何が言いたいんですか？」

「ティア様の愛が欲しいなら、贈り物なんかしなくても、愛してくれと一言言えばいいだけでしょう」

責めるような口調でライが言った。リクハルトはすぐさま否定する。

「相手に愛を求める気持ちは破滅を招きます。それは愛ではなく、互いを縛る一種の呪いです。すべてに片がつくまで、妻として一緒にいてくれればいいんです。それ以上は望みません」

「そう言いながら、あなたはティア様を試したではありませんか。あなたは昔から、ああいうものを見つけるのが得意でしたよね。懐かしいです」

「……何のことですか？」

リクハルトが目を眇めると、ライは「知っているのですよ」と少し得意げな顔をした。

「七つ葉のクローバーですよ。ティア様が大事そうに持っているのを見かけました」

ライの言うとおり、ティアは七つ葉を捨てたりはしていなかった。たまに幸せそうに眺めているのを知っている。

それでもリクハルトは、ライの言葉に首を振った。

「たまたま見つけたからあげただけです」

「リクハルト様……」

ライが大袈裟に溜め息を吐いた。

――このまま。今のままで……あと少し。

リクハルトは、何かを言いたそうにしているライの視線から逃げるように机に目を落とし、書類にサインをする作業を再開した。

七章

目隠しをされ激しく抱かれた翌日であろうとも、ティアは重い体を引きずって厩舎へと出向いた。日課になっているフォルトゥーナの朝の散歩の後、丁寧にブラッシングをするのだ。

「ここでの生活には慣れた？」

ティアの問いに、フォルトゥーナはぶるると小さく鼻を鳴らした。調子は良さそうだ。

食べ物や環境がいいせいか毛艶がすごくいい。しかし彼なりにストレスもあるのか、以前よりもティアと一緒にいたがるようになった。部屋に戻ろうとすると寂しそうな目をするのだ。だからティアは、長い時間ここにいることがある。

今もフォルトゥーナは、ブラッシングの時間の延長をねだってきた。要望に応えて鬣《たてがみ》の毛並みを整えながら、ティアは独り言のように言う。

「連れ去られて来た時はどうしようかと思ったけれど、居心地は悪くないのよね。リクハルトの本心が分からないのは腹立たしいけれど。こんな気持ちの時は、あなたに乗って遠くに行きたいわ……」

リクハルトとの約束があるのでもちろん実行することはないが、無性に駆け出したくなることがある。もともとティアは部屋でじっとしているのが好きなほうではないので、溜まった鬱憤を発散するためにフォルトゥーナと疾走していたのだ。

それになんだか最近、世間に取り残されているような気がする。

軟禁されているティアには外で何が起きているのかが分からない。リクハルトが悪の親玉だという噂や要人たちの失脚なども、カリーナが言っているのを聞いて初めて知った。

以前はフランツやお店の店員やお客さんたちと世間話に花を咲かせていたので、噂話や社会情勢などはある程度耳に入っていたのに。このままだと世間知らずになってしまう。

そんな危機感が襲ってくる。

そして何よりも、リクハルトに対する胸のモヤモヤが日々増しているような気がした。

「こんな気持ち、嫌だわ……」

思わず呟いてしまったティアに、フォルトゥーナが鼻先を押しつけてきた。気落ちした声を出してしまったせいで、心配してくれているらしい。

「ありがとう、フォルトゥーナ。……そうよね。こんなふうにうじうじ悩んでいるなんて私らしくないわよね。思い切って訊いてしまえばいいんだわ。私にとって良い答えでも悪い答えでもちゃんと受け止め……られればいいわね。うん。そうしましょう」

フォルトゥーナは話せるわけではないが、その瞳は雄弁《ゆうべん》だ。彼に励まされて、ティアはやっと覚悟を決めることができた。このモヤモヤを早く解消しないと、どんどん気分が落ち込んでしまう。

幸いにも、リクハルトは今日は屋敷の執務室にいると言っていた。

ティアはフォルトゥーナの首を撫でる。

「気になっていることをリクハルトにちゃんと訊いてくるわね。お昼に報告しに来るから」

そう言い聞かせ、ティアはリクハルトがいる執務室へと向かった。

「確か、この先の部屋だって言っていたわよね」

自室の前を通りすぎ、キョロキョロとしながら廊下を進む。この屋敷は広いので、まだすべての部屋を把握し切れていないのだ。

廊下の突き当たりに一際立派な模様の彫られた扉を発見した。きっとここが執務室だろう。

部屋に入る前に心を落ち着けようと深呼吸をしていると、ふいに中から会話が聞こえてきた。

「……リクハルト様、いいのですか？　……ティア様に黙ったままで」

「…………いずれ真実を伝えます」

途切れ途切れに聞こえるのは、ライとリクハルトの声だ。その内容に、立ち聞きはいけないと思いつつティアは思わず耳を澄ませてしまう。

「……もうすぐ…………終わったらきちんと……」

「でもこれで……は後がなくなりました。……カリーナ…………何か仕掛けてくるとしたらこれから……」

カリーナの名前が聞こえた気がしたので、もっと聞こえるように息をひそめて扉に近づく。ぺたりと扉に耳をつけると、リクハルトの声が先ほどよりもはっきりと聞こえた。

「…………真に欲しているのはカリーナです。ティアではない」

「……え？」

ちょうど聞こえてきた声に、頭の中が真っ白になった。カリーナを欲している。確かにそう聞こえた。

ティアは耳を扉につけた体勢のまま動けなくなった。

リクハルトの本音は、予想以上にティアに衝撃を与えた。

ああ、そうか。だからティアが誰を想っていてもいいと言っていたのか。

頭では冷静にそんなことを考えながらも、心は凍り付いている。

彼もみんなと同じだったのだ。カリーナを欲し、そのためにティアを利用した。今までにそんなことは何度もあった。違うのは、ティアが彼らを相手にしなかっただけ。だから平気だ。……平気なはずだ。それなのに、胸が苦しくて呼吸ができない。

——だったら、どうして優しくしたの？　どうして抱いたの？

次から次へと疑問が溢れ出してくる。

優しくされなければ、リクハルトと抱き合うのが心地よいと知らなければ、こんなふうにつらくはならなかったのに。

——どうして？　どうして？

ツカツカと足音が近づいて来る音が聞こえた。それでもティアの体は動いてくれない。

呆然と扉を見つめていると、ライがリクハルトを呼び止める声がした。

「リクハルト様、お待ちください」

「何ですか？」

足音がやむ。

「一応聞きますが、その肩、もう治っていますよね？」

「軽い打撲ですからね。もともとたいして痛くないです」

「それなら良かったです。何かあっても反撃できるのですね？」

「任せてください」

ライの問いにリクハルトは力強く答えた。それを聞いて、ティアはくらりとした。

カリーナのことだけではなく、怪我も嘘だったというのか。リクハルトは、ティアにどれだけの嘘をついていたのだろう。そう思うと目頭が熱くなった。鼻がツーンとして視界が歪む。

今までの言葉も態度も、みんな嘘だった。カリーナよりティアのほうが美しいと言ってくれたことも、そのままのティアでいいと言ってくれたこともきっと偽りだったのだ。

——嬉しかったのに。何よりもリクハルトの言葉が嬉しかったのに……。

涙が零れ落ちないように必死に眉間に力を入れている間も、彼らの会話は続いている。

「ティア様に本当のことを言わなくていいのですか？　せめて、ブローチのことだけでも……」

「ブローチ目的であなたに近づきました、と言うんですか？　駄目です。まだ言えません。すべてが終わったら……」

最後まで聞けなかった。ティアは踵を返してその場を逃げ出し……はしなかった。自分の名前が出て来た時点で、悲しみが怒りへと転じていた。

裏切られた。その言葉が頭を過って気がついた。ずっと疑わしいと思っていたはずなのに、ティアはいつの間にか、彼のことを信じていたらしい。だからこんなに胸が痛いのだ。

ティアは目の前の扉を勢いよく開くと、ドシドシと大きく足音を鳴らし、執務室へと足を踏み入れる。そして驚いた顔をして立っているリクハルトの前で足を止めた。

大きく腕を振りかぶる。

バチーンッ！

執務室内に大きく鳴り響いたのは、ティアがリクハルトの頬を叩いた音だ。全体重をのせた渾身《こんしん》の一撃だった。

手が痛い。熱い。でもそれ以上に、胸が痛い。

「ティア？」

じんわりと赤くなりつつある頬をそのままに、リクハルトが怪訝そうな眼差しでティアを見た。

なぜ叩かれたのか分からない。そんな表情だった。彼を叩いたことで少しだけ治まっていた怒りが、再び沸々と湧き出て来る。

彼はいつも何かを隠していた。脅されもした。それなのにティアは、彼は悪い人ではないと思い込み深く追及しなかった。

今ティアはそのことを猛烈に後悔していた。もっと詮索《せんさく》していれば良かった。聞き分けの良いふりなんてせずに聞き出せば良かった。そうすれば、こんな形で知ることはなかったのに。

「最低……！」

ティアはリクハルトをギリッと睨みつけ、踵を返した。そして素早く走り出す。

「ティア、待ってください！」

執務室を出る前に、リクハルトに動きを止められた。力強い手が、ティアの腕を痛いくらいに摑んでいる。

「触らないで！」

ティアは力いっぱいその手を振り解いた。

今は無性に触られたくなかった。カリーナを欲しているその手でティアに触れてほしくない。

「私、もう知っているのよ」

静かに告げる。するとリクハルトは大きく目を見開いた。

「僕が……嘘をついていたことをですか？」

彼の口から『嘘』という言葉が出てきて、ティアの目の前が真っ赤に染まった。

またしても鼻がツンと痛くなったが、絶対に泣くもんかと目頭に力を入れて上を向く。

そしてリクハルトを睨みつけた。きっと今のティアの形相《ぎょうそう》は、人様に見せられるものではないだろう。

「あなたの顔なんて、二度と見たくない！」

手が痛かったので、今度は足を出した。ティアの蹴りがリクハルトの脛《すね》に炸裂《さくれつ》する。

「……っ……蹴りは予想外でした」

呻きとともにそんな声が聞こえた気がしたが、ティアは今度こそ彼に捕まらないようにと、執務室を出て全力で走った。

蹲ったリクハルトも、呆然としていたライも、すぐには追って来ないようだ。

屋敷の敷地から外には出ないに違いないと思っているのかもしれない。もしくはすぐに追いつくと思っているのかも。

厩舎に着くと、ティアはフォルトゥーナを囲いから出し、手綱を引いた。

とにかく今はリクハルトの顔を見たくない。声も聞きたくない。彼が追って来られないところまで行きたかった。

「行くわよ、フォルトゥーナ」

短く言って、フォルトゥーナの背中に飛び乗った。鞍をつけている時間はない。鬣を緩く握り、裏門を目指して駆ける。

「ティア様？」

裏門に着くと、門番がフォルトゥーナに乗ったティアを見て目を丸くした。昨日カリーナと揉めていた屈強な男性ではなく、ひょろりとした老人だ。彼は門を少しだけ開けていた。

「お姉様！」

隙間からひょっこりと顔を出したのはカリーナだった。今日もティアに会いに来て門番と揉めていたのだろうか。

予想外の人物の登場に驚いたが、もしかしたら幸運なことなのかもしれないと思った。

「あ、こら。入ってはいかん」

ティアに気を取られた老人の隙をついて、カリーナが中に入って来る。

「お姉様、会えて良かった！」

ティアはフォルトゥーナから降りて、駆けてくるカリーナを抱きとめた。

「具合が悪いというのは嘘だったのか」

元気にティアへと走って来たカリーナを見て、老人が目を瞠っている。どうやらカリーナは、具合が悪いふりをして門を開けてもらったらしい。いつもそうだったのだろうか。

ティアはちらりと門を見た。今なら外に出られる。

「カリーナ、ごめんね。私急いでいるの」

カリーナから離れたティアは、フォルトゥーナに乗るために鬣を摑む。

「お姉様！」

足を上げようとすると、カリーナが突然ティアの腕を摑み、ぐいぐいと引っ張る。

「え？　ちょっと待って……」

カリーナの力は意外に強く、ティアはフォルトゥーナから引き離されてしまう。

「お姉様、私と一緒に来てちょうだい。外に馬車を待たせているのよ」

いつになく強引に、カリーナはティアを引っ張って行く。

「カリーナ？　フォルトゥーナが……」

「走って！」

追いかけて来たフォルトゥーナに手を伸ばそうとすると、いきなりカリーナが駆け出した。腕を掴まれたままで突き放すこともできず、ティアも駆け出すことになる。

「あ、ティア様……！」

カリーナの後を追って近づいて来ていた老人を振り切り、ティアとカリーナは門を抜けて敷地を出ると、道の端に待機していた馬車に飛び乗った。

「すぐに出して！」

走って馬車に乗り込んできた二人に唖然としていた馴染みの御者に、カリーナは鋭く言った。すると彼は、慌てて馬車を出発させる。

窓から裏門を振り返ると、老人がおろおろとした様子で馬車に手を伸ばしているのが見えた。フォルトゥーナは外に出て来ていない。門を突破できなかったのだろう。

「フォルトゥーナ……」

愛馬を置いてきてしまった。

「カリーナ、引き返してほしいのだけれど」

「無理よ。引き返したら連れ戻されてしまうわ」

予想どおりの返事だ。ティアは大きく溜め息を吐き出した。

自分を騙していたリクハルトと顔を合わせたくなくてキーツ邸を出ようとはしていたが、まさかフォルトゥーナを置いてくることになるなんて計算外だった。

「お姉様に会えて良かった。この後、フランツと会う約束をしているの。お姉様も一緒に行きましょう？」

フォルトゥーナの心配をしているティアに、カリーナは無邪気に提案してきた。ティアはその提案に眉をひそめる。

「フランツに……？」

「お姉様が行けば、フランツが喜ぶわ。お姉様にすごく会いたがっていたもの」

カリーナが無邪気に笑うので、行けないとは言えなかった。リクハルトはフランツに会うなと言っていたが、その約束はまだ有効だろうか。いや、リクハルトがティアを騙していた時点で無効だろう。

馬車はその待ち合わせの場所へ向かっているのか、ムーアクロフト家とは違うほうへ進んでいる。

街中を抜け、少し走ると田園風景が見えて来た。フォルトゥーナと遠出した時もこんな風景を見ているので驚きはしないが、待ち合わせ場所としては少し街から離れすぎではないだろうか。

「ねえ、カリーナ。本当にこんな街外れで会う約束をしているの？」

窓の外を眺めながら上機嫌で鼻歌を歌うカリーナに訊くが、彼女は笑顔で頷いた。

「そうよ」

「でも……」

こんなところまで来るのは危なくないかしら？

過保護なティアはそう思ったのだが、カリーナは何の危機感も持っていないようだった。

「あ、フランツがいるわ」

馬車が止まったのは、荒れ果てた牧草地の真ん中にポツンとある倉庫らしき建物の前だった。

馬車を降りたカリーナは、御者に待つように言うと、倉庫の前にいるフランツのもとへ駆け寄って行った。ティアも彼女の後を追ってそちらに近づく。

「こんな場所があったのね……」

廃墟になっているのか、倉庫はところどころレンガが崩れ落ちているところがあって、手入れはされていないようだった。

「ティア、来てくれたんだね」

カリーナと何か話した後で、フランツが嬉しそうな顔でやって来た。

「君に会えてすごく嬉しいよ」

言いながら、フランツは軽くティアを抱き締めた。彼に抱き締められたのは初めてだったので驚く。やけに親密な彼に違和感を覚えた。

「立ち話もなんだから、中に入って。外はボロボロだけど中は綺麗にしてあるんだ」

促され、三人で倉庫の中に入った。

フランツの言うとおり、廃墟のような外見からは信じられないほど、中は片づいていた。広い空間にはカーペットが敷かれていて、ソファーと小さなテーブル、それに棚もある。倉庫ではなく、フランツが普段居住のために使っているのだろうか。

ソファーに座るように言われ、ティアとカリーナが並んで座ると、向かいのソファーにフランツも腰掛けた。

「ここは、フランツの家が所有しているの？」

辺りを見回しながら訊くと、彼は穏やかに微笑んで頷いた。

「そうだよ。一人になりたい時に、たまに来るんだ」

カリーナはここに来るのは初めてではないらしく、落ち着いた様子で座っている。この二人はそんなに親しかっただろうかと不思議に思っていると、カリーナが無邪気に言った。

「やっぱり三人でいると楽しいわね、お姉様」

「え、ええ……」

思わず頷いてしまう。すると彼女は満面の笑みを浮かべた。

「それなら、キーツ侯爵と離縁してフランツと結婚してくれるでしょう?」

「え?」

「だって、私もうお姉様と離れるのは嫌だもの。いいでしょう? お願い」

カリーナは両手を顔の前で組み、上目遣いでいつものお願いをしてきた。ティアが頷くと信じて疑っていない顔だ。

「へえ。俺と結婚してくれるなんて嬉しいな」

「……ごめんなさい。それはできないわ」

フランツが弾んだ声で話すのを聞いて、ティアは咄嗟に首を振った。

リクハルトに対する怒りや哀しみ、他にも様々な感情が一気に押し寄せてきて、それらが爆発した勢いでリクハルトの目の届かないところに行きたいと思ったが、少し冷静になってみれば、あの広い敷地内のどこかに潜んで頭を冷やすだけで良かったのかもしれないと思った。

もともと愛を求められることのない結婚だったのだから、リクハルトときちんと話し合って、結婚生活を続けるか否かの判断をすれば良かったのだ。

短絡的な自分に自己嫌悪を覚えてティアが俯くと、フランツが優しく声をかけてきた。

「ティア、今の君はひどく辛そうだ。俺ならそんな顔をさせないと約束する。俺と結婚して、今までどおりカリーナと三人で仲良くやろう？」

その言葉に、ティアの心は一瞬ぐらりと傾いた。リクハルトと出逢う前は確かに楽しかった。

礼拝をして、カリーナにお菓子を買ってやり、家でこっそり乗馬をして。いつも変わりばえのない日々だったけれど、穏やかな毎日に満足していた。

けれど今あの日々に感じるのは懐かしさだけだ。

ティアは顔を上げ、フランツとまっすぐに目を合わせる。

「私はあなたとは結婚できないわ」

フランツとの未来は想像できなかった。

だからといって、リクハルトとの未来を描けるかというと分からない。リクハルトが本当に欲しているのはカリーナだと分かってしまったので、これからの夫婦生活がうまくいくか疑問だからだ。

フランツは一度目を閉じ、切ない表情でティアを見た。

「俺はあの男よりも君を大事にするよ。今までだってそうしてきたじゃないか。俺の何が不満なんだ？」

「不満なんてないわ」

そうだ。フランツに不満なんてない。いつも穏やかで優しい彼に不満なんてあるはずがない。あるとすればリクハルトのほうだ。

——それなのになぜ、フランツとは結婚できないと思うのか。

ふとそんな疑問が湧き上がる。

「俺はこんなにもティアを必要としているのに、どうして分かってくれないんだ」

——必要としている。

フランツはティアを必要だと言ってくれる。

妻として支えようと思っていたリクハルトはティアの心を必要としてくれなかったのに、
嬉しい言葉のはずなのに、なぜか心に響かなかった。

この言葉を言ってほしかったのは、きっと——。

「ごめんなさい」

認めたくないと、無意識に蓋をしていた自分の気持ちが見えた気がした。

自分はリクハルトだから必要とされたかったのだ。

「……君がそんなに頑ななら、仕方がないね」

フランツがふと表情を変えた。

いつも穏やかな笑みを浮かべている彼が、冷たい目でティアを見下ろしている。

「フランツ……？」

彼に初めてそんな眼差しを向けられ、ティアは眉をひそめた。

フランツはカリーナの傍らにあった袋に手を伸ばしている。しかしフランツの手がその袋に届く前に、カリーナがもぎ取るようにそれを抱えて首を振った。

「待って、フランツ。話せば分かるわ」

フランツはカリーナの懇願に顔を顰めるが、渋々という様子で頷いた。

フランツが向かいのソファーに腰掛け直すのを見てから、袋を脇に置いたカリーナがティアの手を握った。

「お姉様、お願いがあるの」

「何かしら？」

今のやりとりを不可解に思いながらも、ティアはカリーナの話を聞こうと耳を傾ける。

「キーツ侯爵と離縁する気がないなら、相続権を放棄してほしいの」

カリーナのお願いは、予想だにしないものだった。

「相続権を放棄？」

「ええ。私、子爵の位を継ぎたいの」

初めて聞いたカリーナの希望に、ティアは目を瞠った。

まだ父は健在だが、ティアには子爵家の財産の半分が相続されることが決まっている。

それに、この国は長子相続なので、子爵継承の権利はティアにあった。カリーナは第二位だ。しかし、もしこのままティアが権利を放棄せずに子供ができた場合、その第二位の権利はティアの子供に移るのだ。

「どうして急に？」

ティアは怪訝に思った。

以前カリーナは、子爵の仕事になんて魅力を感じない、自分は自由に生きたい、そう言っていたのに、なぜいきなり心変わりをしたのだろうか。

ティアの問いかけに、カリーナは困ったように目を伏せた。そして迷うように口をもごもごと動かした後、思い切ったように顔を上げた。

「実は、借金があるの。賭け事で負けて……結構な額になってしまったの」

「……え？」

しばらくカリーナの言葉が理解できずにいた。

借金？　賭け事？　カリーナはまだ十三歳だ。そんな場所に出入りできるはずがない。そもそも賭け事なんて誰も教えていないはずだ。

「いつの間に賭け事なんてしていたの？　それにどこで……」

「フランツが連れて行ってくれたの。誰でもできるって」

しゅんとした顔でされた告白に、ティアはキッとフランツを睨んだ。けれど彼は悪びれる様子もなく冷たい表情のまま小さく笑った。

「興味があるって言うから連れて行ったんだよ。けれど運悪く負けてしまってね。賭け事ではよくあることさ」

フランツは軽い口調で説明した。カリーナに道を踏み外させるようなことをしておいて、なんて言い草だろう。

ティアは怒りで思わず声を荒らげそうになるが、カリーナがフランツを弁護するように言い募る。

「お姉様の相続する財産と私の相続する財産を足したら借金が返済できるの。だからフランツと結婚してムーアクロフト家を継いでほしかったのよ。お父様は、お姉様が婿養子をもらったらすぐに引退したいと言っていたから」

カリーナがティアとフランツの関係をとりもとうとしていたのはそういう理由があったからか。押し黙ったティアにカリーナは重ねて言う。

「私だって、お姉様に頼らないことも考えたわ。でも目をつけていた資産家の貴族たちが、最近になってなぜか次々と失脚していったの。お父様に借金のことは隠してお金を出してくれるように頼んでも取り合ってくれなかったし。あとはもう、お姉様が継ぐ財産しか当てがないのよ。だからお願い。フランツと結婚する気がないなら、財産を放棄して」

今カリーナが大金を手にしてしまえば、際限なく散財するだけだろう。一度賭け事に嵌《は》まってしまうと抜け出すのは難しい。

「もし私が放棄したら、カリーナはその財産をまた賭け事に使ってしまうのではないの？

そんなことのために使うのなら、放棄はしないわ」

可愛い妹の必死の懇願だが、ティアは心を鬼にして断った。

「そんな……」

カリーナの大きな瞳が涙で潤んだ。信じられないとでも言うようにティアを見つめている。

今までティアは、カリーナが欲しがるものは差し出し、お願いは何でも聞いてきた。だからだろう。今回もティアがあっさりと願いを受け入れると思っていたらしい。

妹をこんなふうにしたのは、ティアだ。甘やかして育てたせいで、善悪の判断ができない人間になってしまった。ティアに責任があるからこそ、ここで頷いてはいけないのだ。

「もし放棄してもらえないなら……」

涙をボロボロと零すカリーナを悲痛な思いで見つめていると、静かな声が聞こえた。

はっとフランツを見ると、彼はソファーから立ち上がり一歩近づいて来た。

「君を殺すしかないんだ」

眉一つ動かさず言い放ったフランツは、カリーナが脇に置いていた袋を取り上げた。素早く袋を開けて、中身を取り出す。その中には見事な細工の施された短剣が入っていた。

それを目にした瞬間、ティアは何かを思い出しかけた。

「それは……」

「あの日、君は見たよね。俺がこれを落としたところを」

フランツの言葉で思い出す。リクハルトに初めて逢った日、路地裏でフードを被った男がこれに似たものを落としていた。あれが、この短剣だったのか。

「あれは、あなただったの……？」

「分からなかったのか。まあ、暗かったからそうじゃないかとは思っていたよ。探りを入れても君は知らない様子だったからね」

探りを入れられていたことすら気づかなかった。ティアは呆然とフランツを見つめる。

「あの時、まさかあんな場所に君がいるとは思わなくて、焦って落としてしまったんだ。キーツ侯爵がこれを狙っているらしくてね。彼につけられていたから慌てて撒《ま》いたところだったんだよ」

彼の口からリクハルトの名前が出て来て、ティアの思考は一瞬にして戻る。

「どうして私に探りを入れなくてはいけなかったの？　私が見てしまったら何か都合が悪かった？」

「悪いさ。あの時これを持っていたのが俺だと君に知られていたら、君をどうにかしないといけないくらいにね。だから慌てて求婚したんだ。何かを話されてしまう前に結婚して囲ってしまえばいいと思ってさ。子供さえできれば、その子に爵位を継がせて俺の思い通りにするつもりだった」

もともとムーアクロフト家の財産目当てでティアに近づいた。本当はもっと時間をかけてティアの気持ちを自分に向けさせるつもりだったのに。そう告白したフランツは、何も悪いとは思っていない顔だ。

「ついでに教えてあげるけど、この剣は盗品だ。綺麗だったから査定もせずにカリーナに贈ったけど、借金しか残っていない今、これを換金するしかないんだ。もし俺たちのことを哀れに思うなら、君に贈ったブローチを返してもらっていいかい？」

盗品、という言葉にティアは眉を吊り上げる。カリーナに賭け事を教えただけではなく、盗品まで扱っているのか。

「贈ってくれたあのブローチも盗品だったの？」

「そうだよ。あれが高価なものだとは分かっていれば手放したりしなかった。たいして価値がないと思って君に贈ったのは失敗だったよ」

ニッコリと微笑んで答えたフランツに、ティアは唇を噛み締めた。

ブローチをもらった時、フランツの気持ちが純粋に嬉しかった。それなのに、彼はそんなことを考えていたのか。

目に涙が滲んできて、ティアはギュッと拳を握り締める。するとその拳をカリーナの小さな手が包み込んできた。

「私はお姉様のことが大好きよ。だから、子爵継承の権利を私に譲って。お願い。お姉様を傷つけたくなんてないの」

涙で顔をグチャグチャにして、カリーナがティアの腕を揺さ振った。しかしフランツは首を振る。

「いや、もう遅い。結婚を断られたら、最初から君には消えてもらうつもりだったんだ。本当に残念だよ。君なら従順な妻になると思ったのに……」

フランツの手が、短剣の鞘を抜き取ろうとしている。

このまま殺されるのか。そう思ったら、リクハルトの顔が脳裏に浮かんだ。同時に、彼への怒り、哀しみ、喜び……様々な気持ちが次々と溢れ出して胸がいっぱいになる。

怒るにしろ、哀しむにしろ、もう一発殴るにしろ、とにかくもう一度リクハルトに会いたい。会って、なぜ贈り物にこだわるのかをきちんと訊きたいし、自分の気持ちを伝えたい。強く、そう思った。

どうにかして逃げなければ。

ティアはフランツに注意を向けつつ、チラリと横目で倉庫の出入り口を見る。この距離だと、全速力で走っても扉を開けているうちに追いつかれてしまうだろう。ティアのすぐそばにあるテーブルを彼に向かって蹴りつけてからなら何とか逃げ切れるだろうか。

頭の中で計算しつつ、ジリジリとフランツとの距離を取る。視界の端に、オロオロと状況を見守るカリーナの姿が映った。

カリーナに当たらないようにテーブルを蹴りつけ、そしてすぐさま彼女を連れて逃げ出さなければ。

ティアが細く息を吐き出すのと同時に、フランツが鋭い剣身を見せつけるようにゆっくりと鞘《さや》を抜いた。

「ティアのことは気に入っていたから、苦しまないように殺してあげるよ。この剣は切れ味が良さそうだから、一瞬で済むさ」

フランツは素早く剣を構え、足を踏み出した。

こちらは一瞬で済まされる気はない。ティアは思い切り、フランツに向かってテーブルを蹴り上げた。

まさかティアがそんな抵抗をするとは思っていなかったらしいフランツは、テーブルで脛を強打したようだった。

「……ぐっ……！」

呻き声を背後で聞きながら、ティアはカリーナの手を取ってすでに駆け出していた。扉にたどり着き、震えながら扉に手をかけて、勢いよく開け放とうとしたその瞬間。

「行かせるか……！」

思ったより近くで声が聞こえ、直後、痛いくらいに強く肩を後ろに引っ張られた。

そのまま体が後ろに傾き、咄嗟にカリーナの手を離して首を前に倒して頭を守る。すぐに、ドッ……と背中に衝撃を感じた。

痛がっている間もなく、フランツが馬乗りになってきた。その手には短剣が握られたままで、切っ先がティアに向けられる。それを見て、今更ながら恐怖を感じた。

それでも必死に自分を奮い立たせ、身を捩ってフランツの下から抜け出そうとしたが、腰に体重をかけられていて思うように動けなかった。

「お姉様……！」

カリーナの悲鳴が聞こえた。同時に、鋭い剣先がティアめがけて振り下ろされた。

「……っ……！」

避けることもできず、両腕で顔を覆って目を瞑った瞬間。

ドッ！

鈍く何かが壊れるような音がして目を開けると、何かが吹き飛んできてフランツに当たるのが見えた。同時に倉庫内に風が吹き込んでくる。

「何なの！」

カリーナが驚きの声を上げたが、ティアは横に倒れこんだフランツの姿を呆然と目で追っていた。そして視界に外の景色が映って気づく。フランツに当たったものは、扉の残《ざん》骸《がい》だった。ティアの上にもパラパラと破片が落ちてくる。

なぜ扉が……と不思議に思っていると、外から声が聞こえてきた。

「ティア！」

リクハルトの声だ。目を凝らして彼の姿を探すと、砂埃《すなぼこり》の舞う中リクハルトの姿が見えた。彼を目にした瞬間、ふっと肩の力が抜ける。

リクハルトはティアの姿を確認すると駆け寄って来ようとした。しかし彼よりも先に中に入って来た影があった。

素早くティアのもとにたどり着いたのはフォルトゥーナだった。彼はその勢いのまま、ティアの近くに倒れていたフランツを蹴り、すぐ近くにいたカリーナに躊躇なく体当たりをした。

「うわっ！」

「きゃあっ！」

二人は勢いよく別々の方向に飛んだ。ゴロゴロと床を転がり、壁にぶつかる。

「カリーナ、大丈夫？」

思わず飛び起きてカリーナに手を差し伸べようとしたが、突然背後から体をがっちりと拘束され、身動きが取れなくなった。

「ティア！　無事で良かった」

耳元でリクハルトの安堵した声が聞こえ、自分が彼に抱き締められているのだと気づく。

視線の先では、倒れこんだままのカリーナがフォルトゥーナを睨んでいた。

「だから嫌いなのよ、こんな馬！」

悪態をつくカリーナに、フォルトゥーナは小馬鹿にしたように鼻を鳴らした。

元気そうなカリーナを見て安心したティアは、ギュウギュウと抱きついてくるリクハルトの腕を摑む。離してもらおうとしたのだが、腕はびくともせず、拘束がきつくなる。リクハルトはティアの頭に自身の頭をグリグリと押しつけてきながら言った。

「ティアのことが心配で胸と胃がキリキリと痛みました。心配させないでください」

押しつけられる頭が痛いけれど、彼がどれほど心配してくれたのかその痛みで分かった気がしたので、ティアはしばらくされるがままでいた。そうしたら、反対側の頭にフォルトゥーナまで顔をこすりつけてきた。

左右からグリグリグリグリ……と押しつけられ、さすがに黙っていられなくなる。

「ちょっと二人とも！　痛いからもうやめて！」

ティアの悲鳴に、リクハルトとフォルトゥーナは慌てたように顔を離し、そしてティアの機嫌を窺うようにそろりと顔を覗き込んできた。

「すみません。痛かったですか？　どれくらい痛かったですか？　僕の胸と胃の痛みとどっちが……！」

そこで、リクハルトの言葉がふいに途切れた。同時に、突然床に押し倒される。

驚きで硬直するティアの上から素早く体を起こしたリクハルトは、ひらりと何かをかわした。

「よくここが分かったな」

短剣を構えながら、フランツはリクハルトを睨みつけた。するとリクハルトは、腰にさしていた剣を鞘ごと抜きながら冷笑した。

「フォルトゥーナがティアの匂いを辿って案内してくれました。調べはついているんですよ。あとはその短剣を奪ってしまえば、僕の仕事の半分は片づいたようなものだったんですけどね」

「ティアに逃げられて予定が狂ったか。こちらとしては幸運だったたってことかな」

ニヤリと片方の口の端を上げたフランツが、リクハルトめがけて突っ込んできた。長剣を構えるリクハルトに対し、短剣のフランツに有利な接近戦だ。

フランツの短剣がリクハルトの腹部を切り裂くように横に振り抜かれる。しかしリクハルトは素早く後ろに飛びのき、剣先はリクハルトのシャツを少し掠っただけで済む。

それを見て安心したのも束の間、再び速い動きで距離を詰めたフランツが、今度は首をめがけて振り下ろした。

「リクハルト……！」

「来ないでください！」

思わず駆け寄ろうとしたティアに、リクハルトはフランツの剣を紙一重で避けながら叫

んだ。

鋭い声に、ティアの足が止まる。その間も、フランツの攻撃は止まらなかった。フランツがここまで剣が扱えるなんて思わなかった。これなら騎士とも渡り合えるのではないか。けれどリクハルトは軽い身のこなしで避け続けていた。

しばらくしてから、チッ……！　とフランツが舌打ちし、お互いに距離を取って睨み合う。

「あんたにはここでティアと一緒に死んでもらいたいんだけどな」

「僕たちを殺しても、逃げ切れやしませんよ。まだ知らないようなので教えて差し上げますが、あなたが窃盗団のまとめ役だという証拠は摑んでいます。これ以上抵抗しても罪状が増えるだけですよ」

だから観念しなさい、と静かに言うリクハルトに、フランツはハッ……と鼻で笑った。

「あんたの罪状はどれほどなんだ？　小さな窃盗団なんて可愛いもんだと思わないか。あんたに比べれば俺なんて小物中の小物だ。見逃してくれよ」

「残念ながら、僕はあなたが思っているような大物ではありませんよ。噂は所詮噂です」

「火のないところに煙は立たないって言うけどな」

「宮仕えもいろいろとあるんですよ。本当はもっと泳がせるつもりだったんですけどね。あなたは盗んではいけないものを盗んでしまったので、早めに捕まえることになりました」

お互いに隙を見せずに向き合いながらも、リクハルトは相変わらず剣を鞘から抜かずにただ体の前に構えていた。フランツは自分が持っている短剣をチラリと見てから、苦虫《にがむし》を噛み潰したような顔になる。

「この短剣か……。さっさと売り払っちまえばよかったな」

「いいえ、もし売り払っていたらもっと早くに捕まえていましたよ。僕個人としては、あなたが悪党だろうが何だろうがどうでもいいんです。それさえ手に入ればね」

「そんなに貴重なものなのか？」

「ええ」

リクハルトの返事を聞いたフランツはにやりと笑い、短剣を倉庫の奥へと乱暴に放り投げた。リクハルトの意識が一瞬そちらに逸れた隙をつき、フランツは出口へと駆け出した。ティアを殺すこともできず、自分の悪事が露呈したことを知ったフランツに、逃げる以外の選択はなかったのだろう。

「待て……！」

リクハルトがフランツを追って駆け出したが、一足先にフォルトゥーナが動いていた。フランツが出口に着く前に、フォルトゥーナが勢いよく体当たりをする。身構える暇もなかったのか、フランツは床に転がった。

「くそ！」

悪態をついたフランツはすぐに飛び起き、フォルトゥーナに殴りかかろうとした。しかしそれより先に、リクハルトの拳がフランツの頬をとらえた。

ガッ……！　と鈍い音がして、フランツの体が吹き飛ぶ。地面に倒れこんだフランツは、そのままガクリと力をなくした。

「フランツ！　大丈夫？」

カリーナがフランツに駆け寄り声をかけるが返事はない。

ティアは、以前フランツがリクハルトを殴った時のことを思い出した。威力はリクハルトのほうが格段に上だったらしく、あまりの衝撃にフランツは気絶してしまったようだ。

「遅くなって申し訳ありません、リクハルト様」

声が聞こえ振り向くと、ライと数人の屈強な男たちが壊れた扉の向こう側まで来ていた。リクハルトを追って来ていたのだろう。

「ライ、取り調べのためにこの女も一緒に連行してください」

「分かりました」

動かなくなったフランツを蹴飛ばしたリクハルトは、倉庫の中に入って来たライに命令する。頷いたライは、フランツの傍らに座り込んでいたカリーナの腕を掴んだ。

「何をするのよ！　……お姉様！」

ライに腕を拘束されて我に返ったのか、カリーナが助けを求めるようにティアを見た。大きな瞳は潤み、どうにかしてくれと哀願《あいがん》しているようだ。

「待って！　カリーナはフランツに唆《そそのか》されて賭け事をしただけで……！」

だからカリーナを連れて行かないでほしいと、ティアはリクハルトに訴える。だがリクハルトは首を横に振った。

「フランツに貴族の情報を流していたのは彼女です」

「……そんな……嘘よ」

「残念ながら事実です。彼女が窃盗団に加担していたという裏は取れているのですよ。他にも、貴族相手に詐欺を働こうとしていたようですし、取り調べは受けてもらいます」

「……カリーナ、本当なの？」

リクハルトの言葉が信じられず、カリーナに確認する。すると彼女はくしゃりと顔を歪ませ、涙を溢れさせた。

「私はフランツに言われたとおりにしただけよ。悪いことだなんて知らなかった」

「知らないでは済まされないこともあるのです。情状酌量《じょうじょうしゃくりょう》の余地はありますが、この場で不問《ふもん》に付《ふ》すことはできません」

厳しくリクハルトが言い放つと、カリーナは縋るようにティアを見た。

「知らなかったのは私が教えていなかったからよ。親代わりである私の責任でもあるわ」

「そうやって、ティアが庇えば庇うほど、彼女は何もできなくなっていくでしょうね。責任の取り方も、責任という言葉すら知らない子になるでしょう」

リクハルトの言うことはもっともだ。ティアは何も言えなかった。

「お姉様、どうして助けてくれないの？」

ライにズルズルと引っ張られるように出口へと向かいながら、カリーナはティアに手を伸ばしてきた。

「お姉様……!!」

懇願するような声に、思わず駆け寄りそうになったが、ぐっと我慢する。

ティアが助けてくれると思っているのだ。ティアはいつでもカリーナの味方だったから。彼女の言うことなら何でも聞いてきたから。今回も何とかしてくれる、そう思いたいのかもしれない。

「ねえ、お願い……！」

外に出ても、カリーナはティアに助けを求め続けた。

ティアはグッと唇を噛み締め、連れて行かないでと言いたいのを必死に堪える。

「ティア……」

男たちに連行されたフランツとカリーナの姿が完全に見えなくなり、懇願の声が完全に聞こえなくなると、後ろからリクハルトが抱き締めてきた。慰めてくれるのだろうか、腕の力は緩く、包み込むようだった。

フォルトゥーナはいつの間にか外に出されたらしく、先ほどのようにリクハルトに対抗するものはいなかった。

「カリーナが欲しかったんじゃないの？」

ポツリとそんな言葉が出て来た。リクハルトはカリーナを妻にしたいと思っているはずだ。キーツ邸を飛び出す原因となった彼の言葉は忘れてはいなかった。

「何のことですか？」

リクハルトが怪訝そうに言った。ティアは彼の腕を振り払い、クルリと体を反転させて向かい合う。

「だって、あなた言っていたじゃない。真に欲しているのはカリーナだって。あなたが欲しいのは私じゃないって。だから私……」

勢い任せにリクハルトを叩いて、屋敷を飛び出したのだ。悔しかったから。でもそれ以上に、胸が痛くなるくらいに悲しかったから。

思い出すだけで涙が溢れる。しかしそれをグッと堪えてリクハルトを睨むと、彼は慌てたように大きく首を振った。

「聞いていたのですか？　でも違いますよ。フランツが狙っているのがカリーナだと言っていたのです。僕が欲しているなんて誤解です」

「……本当？」

疑いの眼差しを向けると、リクハルトは真剣な顔で大きく頷いた。

「本当です。あの男がティアに近づいたのはムーアクロフト家の財産と権力、そして街で評判の美少女であるカリーナが目当てだったんですよ。時間をかけて信頼を得て結婚して、子爵を継ぐ子供ができたらティアを殺してカリーナと遊んで暮らす、というのがヤツの計画だったらしいです。先に捕まえた一味から聞き出しました」

その内容は、先ほどフランツ本人も言っていた。初めから、利用するためにティアに近づいたのだ。

「フランツは小規模な窃盗団のまとめ役です。盗んだ金品を仲間数人で売り捌いていました。もともと、警備隊があの男に目をつけていて、捜し物があった僕は捜査にまぜてもらってヤツの周辺を探っていたんですよ。それでティアとカリーナの存在を知りました」

最初からリクハルトはティアのことを知っていたのだ。あの出逢いもやはり偶然ではないのかもしれないと思い至り、視線を落とす。

「捜し物って、フランツが持っていた短剣と私が贈られたブローチのこと？　ブローチ目当てで私に近づいたんでしょう？」

訊きたくないけれど訊かなくてはならない。ティアは逃げたくなる気持ちを抑え、問いかけた。

「そうです。あのブローチは持ち主に返してしまいました。黙っていてすみません」

リクハルトはあっさりとそれを認めた。そして、「でも……」と言葉を続ける。

「確かに、フランツと親しい女性ということでティアのことは調べていました。ですが、あの出逢いは本当に偶然なんですよ。そもそも、僕の叔父の家宝であるブローチと短剣が、フランツ率いる窃盗団に盗まれたのが事の発端でした。家宝を取り返そうと彼の周囲を探っていたら、それに気づかれて彼の仲間に絡まれて……そしてティアと出逢ったというわけです」

「え？　あの時、そういう状況だったの？　あなたを囲んでいた男たちがフランツの仲間だったってこと？」

「そうです。盗品をどこかに移動させる途中だったみたいで、本人はそれを持ってさっさと逃げてしまいましたけど。ティアが見た茶色の布の中のものが、その家宝の短剣だったんです」

「これです」と、いつの間に拾っていたのか、先ほど放り投げられた短剣をティアに見せる。

「鞘の細工が見事でしょう？　これは数年前に亡くなった叔母が、結婚前に叔父に贈ったものだったんです。その時に叔父が叔母に贈ったものが、あのブローチでした。叔父はその二つを家宝だと言って大事にしていたのです」

だから、フランツと対峙した時にリクハルトが剣をあわせなかったのだと理解した。叔父の大事なものをなるべく傷つけないようにという配慮だったのだろう。

「ティアとあの路地で出会う少し前に、ヤツらのアジトを突き止めたんです。用心深い連中で、点々と場所を変えていたんですけど、やっと押さえて盗品を回収しました。その中にこれがなかったので結局僕は振り出しに戻ったわけですけど。でもそのせいで彼らは追い詰められ、無理やりティアと会おうとしていたのでしょう」

それを聞いて納得した。だからカリーナは毎日のようにキーツ家に来ていたのか。

そこまで考えてから、ふと思った。

カリーナは、ティアに頼らないことも考えたと言っていた。しかしそれがうまくいかず、やはりティアに頼るしかなくなったのだと。

「もしかして、要人たちが失脚していったのもあなたの仕業？」

まさかと思いリクハルトに問うと、彼は平然と答えた。

「はい。正確には、陛下に命令されて僕が囮になり、餌を撒いて食いついてきた貴族たちの悪事を摑み失脚させたんです。これはティアに出逢う前から進めていた計画でした。彼らにカリーナが接触しようとしているという情報が入ったので、少し放っておいてもいいかと考えたんですが……カリーナがティアを騙してのうのうと生きていくのは許せなかったので、害虫は一斉に片づけてしまえ、と」

家の大掃除をしました、と言うような軽い口調で言うリクハルトに、ティアは頬を引き攣らせた。

「ティアに裏の顔を見せず、無邪気に妹面をしているのが気に食わなかったのです」

ポツリとリクハルトは吐き出した。

賭博《とばく》や窃盗団への加担というカリーナの裏の顔を知ってしまったことはひどくショックだったが、どん底まで落ち込まずにいられるのは、彼がこうしてティアのために考え、動いてくれたからだろう。

フランツやカリーナ、そしてティアもリクハルトも、みんながみんな裏の顔を持っていたわけだ。

しかし、今の話を整理してみると分からないことが出てくる。

「ねえ、すごく気になったんだけど……。出逢った時に私に求婚したのはどうして？　あの時にはまだブローチを贈られていなかったし、ブローチを取り戻すにしても、求婚なんてしなくて良かったんじゃない？」

「ですから、あれは僕の気持ちそのままなのです」

目を丸くしたティアに、リクハルトは神妙に頷いてみせた。

「ティアとどうにかして接点を持ちたかったのです。キスをしたのは、体が勝手に動いたという理由以外にないですね。求婚も同じで、本能が暴走したような感じです」

「暴走……」

　呆然としているティアから、リクハルトは視線を外した。

「二度目に会った時の求婚は、ティアをフランツとカリーナに関わらせないために、僕の屋敷に閉じ込めることを考えてのものでした。秘密にしていてすみません」

　リクハルトは頭を下げて謝罪した。

「なんか……私馬鹿みたい。勝手に勘違いして、勝手に暴走して、あげくにこんなところに連れて来られて……。こんなことになって初めて、あの子たちの事情を知ったなんて」

　自分だけが何も知らなかった。何も分かっていなかった。その事実に、一気に自分が情けなくなる。

「リクハルトはこうなることが分かっていたから、私を屋敷から出さなかったのよね。それなのに勝手な行動をとってごめんなさい」

　事情を知らなかったとはいえ、守られていながらリクハルトの言動に腹を立てて、約束を破って飛び出したのだ。

「あなたはずっと私を守ってくれていたのよね。結婚までして……ん？　でも、フランツとカリーナの計画を阻止するためなら、本当に結婚しなくても良かったんじゃない？」

　途中で思い至り、ティアは眉を寄せる。するとリクハルトがポンッと手を打った。

「そうそう、大事なことを言い忘れていました。フランツたちを焦らせてボロを出させるために結婚の噂を流して式もしましたが、実は僕たち、まだ正式には婚姻関係にありません。宣誓しただけで届けにサインはしていないんです」

ティアはその内容にしばらく呆気にとられ、そして叫んだ。

「なんですって！　じゃあ、あの書類は偽物だったの？」

大聖堂でティアは確かにサインをしたはずだ。けれどきちんと書類を読んではいなかったので、それが偽物だと気づかなかった。

「はい。最初から、この件が片づいたらティアを帰すつもりでした。ムーアクロフト子爵も了承済みです。と言っても、この計画を話したのはティアとの賭けの後だったので、娘を騙すとは何事だと非常に怒られましたけど」

苦笑するリクハルトの表情で、父を説得するのは骨が折れたようだと想像できる。

「言ってくれれば良かったのに……」

一人だけ蚊帳の外だったことの不満を漏らせば、リクハルトはティアの手をそっと握ってきた。

「あなたが哀しむと思ったのです。それに、出逢って間もない僕が言っても信じてはもらえなかったでしょう。仮の夫婦ではありましたが、妻でいる間だけでも笑っていてほしいという僕のわがままです。すみません」

視線を落としたリクハルトがなぜか苦しそうに見えて、ティアは手を強く握り返した。

確かに、リクハルトに出逢って間もない頃に教えてもらったとしても、きっとティアは信じなかっただろう。カリーナとフランツに騙されていて、しかも最終的には殺される予定だったなんてひどい作り話だと思っていたはずだ。

どうして彼はこんなにもティアのことを思いやってくれるのだろう。その上本当の妻のように大事にしてくれた。仮の夫婦だったのに、体を奪われたのは納得いかないが……。

それでも怒る気にはなれなかった。行為の最中に意地悪なことを言われたりしたが、彼は終始優しく気遣ってくれていた。最初の言葉さえなければ、愛されていると錯覚するほどに。今もこうして助けに来てくれて、誠実にすべて話してくれた。

それに、ティアの手を握る彼の両手は、まるで離したくないとでも言うように力が込められている。

愛はいらないと言いながら、愛を求めているように感じるのは、ティアの思いすごしだろうか。

何か言いたそうなリクハルトの瞳をじっと見つめる。その時。

「リクハルト！」

突然、壊れた扉の向こうから切羽つまったような声が聞こえた。振り向くと、そこには金髪碧眼の男性が立っていた。

急いで駆けつけたのだろう。彼は肩で息をしていた。

「君が一人で敵陣に乗り込んだと聞いて……！」

細い目が特徴の穏やかそうなその男性は、何人かの屈強な男を連れて駆け込んで来た。

「大丈夫です。すでに犯人は捕らえました」

リクハルトはティアから手を離し、男性と向き合う。そして腰に佩《は》いていた短剣を彼に差し出した。

「取り戻しました。目立った外傷はないですが、乱暴に扱われたので小さな傷はついてしまったかもしれません」

短剣を受け取った男性は、愛おしそうにそれを受け取り、感極まったように細い瞳に涙を溢れさせた。

「ありがとう、リクハルト。ありがとう……！」

そのやりとりを見て、その男性がリクハルトの叔父なのだと気づく。容姿は似ていないが、彼も前髪の一部分だけクルリと丸まっている。リクハルトの癖と一緒だ。

心なしか、リクハルトの顔が嬉しそうだ。やはり彼にとって叔父の存在はとても大事なのだろう。

「取り戻せて良かったわね」

本当に良かった、とリクハルトに微笑むと、彼は小さく笑んだ。

「さて、人手が増えたことですし、さっさと仕事を終わらせますか。ティア、少し待っていてください」

そう言って、リクハルトは屈強な男たちと倉庫内を調べ始めた。他に盗品がないかを確認する作業なのか、置いてある箱の中やカーペットの下まで隅々を見て回っている。

ティアは、彼らの作業の邪魔にならないように端に寄った。すると隣に、大事そうに短剣を抱えたリクハルトの叔父がやって来た。

「はじめまして、かな。私はマルクスといいます」

「はじめまして。ティアと申します」

柔らかな笑みをたたえたマルクスが丁寧に自己紹介をしたので、ティアも淑女の礼をとった。スカートではないので少し不格好《ぶかっこう》だったかもしれない。

マルクスはニコニコと機嫌が良さそうにティアを見ている。あまりにも凝視されるので、頬が引き攣らないように気をつけながら笑みを保つ。

やがてマルクスが倉庫の奥にいるリクハルトを見て口を開いた。

「リクハルトは君に贈り物をしているかな？」

突然の質問に驚きながらも、ティアは頷く。

「はい。高価なものをたくさんいただきました。私には分不相応で心苦しくなります」

すると、そうか……とマルクスは細い目をますます細めた。

「やはり、彼は両親と同じことをしていたんだな」

ポツリとした呟きに、ティアは再び首を傾げる。

リクハルトの両親がお互いのことしか考えていなかったことは知っているが、『同じこと』とは何だろうか。

マルクスはティアに優しく微笑んだ。

「心苦しくても受け取ってもらえるかな。贈り物はね、リクハルトにとっては、彼の愛そのものなんだよ」

「え……？」

「彼の母親は、贈り物の価値で愛を量る女性でね、父親は彼女の心を繋ぎとめるために贈り物をし続けた。間近でそんな両親を見てきたからか、彼は愛の伝え方を他に知らないんだと思う」

贈り物が、愛。彼にとってそこまでの意味があるとは思わなかった。ただ妻としてのティアに気をつかって贈り物をしてくれているのだと思っていた。

「リクハルトの両親のことは聞いている？」

「はい。少し」

自分たちの実の子供であるリクハルトに関心がなく、彼の目の前で平気で心中をした両親。ティアの印象は最悪だ。

ティアの顔がこわばったからか、マルクスは苦笑した。

「本当にどうしようもない人たちだったよ。彼らには期待できなかったから、私がリクハルトにいろいろと教えてあげるべきだったんだがね、あの頃は仕事が忙しくてろくに構ってやれなかった。……なんて言い訳だな。私は狂っていく兄夫婦を見たくなくて、あの家に寄り付かなくなったんだ」

　自嘲気味に笑い、マルクスはうなだれる。

「甥のことを救ってやれないなんて、ひどい叔父だよ。あの子があんなふうになったのは、目を背け続けた私のせいでもあるんだ」

「でもリクハルトは、叔父様のことをとても大事だと言っていました。貴方は彼の支えだったのだと思います」

　リクハルトを見ていれば分かる。彼は叔父の家宝だから、必死に取り戻そうとしたのだ。

　確信を持って言ったティアに、マルクスは泣きそうな顔で笑った。そして小さく頷きながら、作業をしているリクハルトの背を見つめる。

「リクハルトは君に逢えて幸せだな。いい伴侶に出逢えた」

　良かった……と安堵の表情を見せるマルクスに、ティアは慌てて首を振った。

「いいえ。私たちは正式には婚姻を結んでいません。リクハルトが私を守るためにしてくれたことなのです」

「そうなのかい？　てっきり恋人同士なのかと思っていたよ。あんなに感情を表に出すリクハルトを初めて見たから」

　マルクスは驚いたように目を見開いた。ティアも同じように目を瞠る。

「リクハルトは最初から変た……感情表現は豊かでしたよ？」

　変態、と言いそうになりすぐに言い直す。さすがに彼の身内に向かって失礼な発言はできなかった。するとマルクスは声を出して笑った。

「ははは……そうか。それならやはり、君がリクハルトにとって特別なことに変わりはないよ」

「いえ……。リクハルトからは私の愛はいらないと言われていますし、この件が片づいたら家に帰す気だったそうです。最初から私は必要とされていないのです」

　ティアは即答する。実際にリクハルトから言われたことだから、こちらのほうがきっと正しい。

　するとマルクスは、少しだけ声の大きさを抑えて言った。

「これは私の憶測だけれど、リクハルトは臆病になっているんだと思う。両親のようになるのが怖いから、欲しいと言えないだけだよ」

「……そうでしょうか」

　戸惑うティアに、マルクスはふと笑みを消して頭を下げた。

「リクハルトのことを頼みます」

どうしてそうなるの！　とティアは叫びそうになった。

ティアの話を聞いていたはずなのに、なぜそんな話になるのだろうか。頼まれても困る。

ティアはこれから実家に帰り、もうリクハルトとは関係なくなるというのに……。

もう一度その説明をしようとした時、捜索を終えたらしいリクハルトが戻って来た。屈強な男たちも一緒について来てマルクスと話し始めたので、その話ができなくなってしまった。

「ティア、帰りましょう」

いつものように微笑む彼の顔が少し寂しそうに見えた。

ティアの胸にも何とも言えない寂しさが芽生えた。でも、ティアの心は決まっていた。

「リクハルト、私、決めたわ」

倉庫を出てから、ティアは力強く言った。

「はい？」

「私、明日には実家に帰るわ。今後のことをお父様と話さなければいけないし、もしあなたが言うように情状酌量の余地があって減刑されるようなら、カリーナはすぐに釈放される可能性もあるでしょう？　そうなったらみっちりと再教育をしないと」

「……分かりました」

リクハルトは気落ちした様子で頷いた。こんなに落ち込んだリクハルトを置いて行くのは後ろ髪を引かれる思いだが、もう決めたのだ。

　爽快な気分でいるティアとは対照的に、リクハルトは最後まで顔を上げることはなかった。

八章

「リクハルト様……大丈夫ですか？」

キーツ邸の執務室の机で頬杖をつくリクハルトに、ライは眉をひそめて言った。リクハルトは窓の外に視線を向けたまま口を開く。

「大丈夫なように見えますか？」

「見えません。今にも死にそうです。ティア様のことは初めから家に帰すつもりだったくせに、何ですかその体たらくは」

冷たいライの言葉に、リクハルトは大きく溜め息を吐き出す。

ティアが実家に帰ってから数週間、リクハルトはずっとこんな感じだ。初めのうちは気をつかって何も言わなかったライも、毎日この様子でそろそろ鬱陶しくなったのだろう。

「仕方がないのです。もしかしたら残ってくれるかもしれないと期待した僕の考えが甘かったのです。僕がティアの喜ぶものを贈れなかったから、だからティアは去ってしまったのです」

「ティア様は、贈り物であなたの愛を量ったりはしていませんよ」

冷静なライの言葉に、リクハルトは視線を机に戻した。そして書類にサインをする作業を再開する。

「……そうでした。では僕の寝所での技術が足りなかったから駄目だったんですね」

「リクハルト様……」

呆れているのか、ライは溜め息まじりにリクハルトの名を呼ぶ。そして書類の上に手を置き、リクハルトの作業を中断させた。

「お迎えに行かれてはどうですか。ティア様を愛しているのでしょう？」

顔を上げたリクハルトに、ライは真剣な顔で言った。リクハルトは彼から視線を逸らし、緩く首を振る。

「行きませんよ。僕が行ったら意味がありません」

「え？」

ライが怪訝そうに眉を寄せた。

その時、コンコンとノックの音が聞こえてきたので、ライは物言いたげにしながらも、扉に向かう。しばらく外にいた使用人と何かを話してから、彼はリクハルトの前に戻って来た。

「リクハルト様にお会いしたいという方がいらしてます」

「誰ですか？」

「お会いすれば分かりますよ」

「……そうですか」

リクハルトはゆっくりと立ち上がった。ライの眉間のしわが消えているということは、面倒くさい客ではないのだろう。

客間に向かったリクハルトは、廊下で擦れ違った使用人たちの顔が心なしか嬉しそうなのに気づいた。

不思議に思いながらも客間に入ると、そこにはドレス姿のティアがいた。リクハルトが贈ったドレスを着ている彼女は、優雅に紅茶を飲んでいる。

この屋敷にいた時、ティアはいつも簡素な格好を好んでいた。普段の彼女も素敵だが、着飾った彼女を久しぶりに見て、思わず目を奪われた。

「……ティア。どうしたのですか？　何か忘れ物ですか？」

こちらに顔を向けたティアと目が合い、我に返ったリクハルトは咳払いをして驚きをごまかしながら、彼女へと歩み寄った。

「話があるから会いに来たの。カリーナの再教育も進んでいるし……」

「彼女は自宅謹慎中でしたね」

　数日間取り調べをした後、フランツは牢に入れられ、カリーナは釈放されたはずだ。

「そうよ。まだ子供ということもあったし、軽い罰で済んだわ。リクハルトの口ぞえもあったのでしょう？」

「それは、まあ……」

「おかげで毎日大変だったわ。今まで仕事を優先して子供たちを蔑ろにしていたからこんなことになったんだって反省したお父様から、毎日何時間も講義を聞かされて……。あまりの厳しさにカリーナは熱を出してしまったほどなの」

　ティアは溜め息をつきながら、立ったままのリクハルトに、隣に座れと言うようにポンポンとソファーを叩いた。つられてフラフラと彼女の隣に座ったリクハルトは、確認するようにその顔をじっと凝視する。

「てっきり、もう二度と会ってくれないのだと思っていました」

「どうして？」

「脅してあなたをこの屋敷に縛りつけました。それに、偽りの夫婦なのにあなたの処女を奪い、毎日蹂躙《じゅうりん》しました。だから許してもらえるはずがないと……」

「そうね。偽りの夫婦なら夜の行為は必要なかったわね」

　ティアの声が少し低くなった。リクハルトは俯いたまま頭を下げる。

「すみません。本能が暴走して……」

「あなた、もう少し理性を鍛えたほうがいいわ。私じゃなかったら醜聞を広められているところよ」

最後まで聞かず、ティアが呆れたように言った。もっともだ。

リクハルトが黙り込むと、ティアは小さく笑った。

「でもまあ、過ぎたことは気にしても仕方がないわよね。それに私、後悔してないの」

潔い。リクハルトのようにジメジメとしている男よりもよほどティアの性格は男前だ。

恐る恐る顔を上げてティアを見ると、彼女は微笑んでいた。何もかも許してくれているようなその笑みは眩しくて、リクハルトは目を細める。

ティアはゆっくりと立ち上がった。そしてリクハルトに向かって手を差し伸べる。

「ねえ、リクハルト。場所を変えない？」

なぜ？　という問いは口に出さず、リクハルトは引き寄せられるようにして、その手を取った。

屋敷の外に出ると、門付近にフォルトゥーナとヴェローチェが繋がれていた。ティアは最初からリクハルトとどこかへ行くつもりだったらしい。

ティアは器用にドレスのままフォルトゥーナに跨った。

「もしかして、来る時もそうやって……？」

乗馬を隠していたはずのティアが堂々とフォルトゥーナに乗って来たのか。驚いて問うと、ティアは満面の笑みで頷いた。

「そうよ。これからは自分に正直に生きることにしたの。お父様もそれでいいと言ってくださったし、淑女のふりはもうやめたわ」

清々しい表情の彼女は、胸が締めつけられるほどに眩しかった。彼女は清らかな世界が似合う人間だ。

リクハルトは口元に笑みを浮かべ、ヴェローチェに飛び乗った。

❀　❀　❀

数十分後。二人は草原にいた。ティアがいつもフォルトゥーナと散歩に来る場所だ。ティアがここを選んだのは、人けがなく、落ち着けて、二人にとって二度目の出逢いの場所であるからだ。あの時のことをやり直したかった。

ティアはフォルトゥーナから降りて、ヴェローチェを草原に放ったリクハルトへ歩み寄る。彼はなぜか楽しそうにしていた。

「どうしたの？」

「いえ、ドレス姿で乗馬をするティアにみんな目を丸くしていて面白かったなと思いましリクハルトの屋敷からこの草原に来るには人目のある道を通らねばならなかった。

「あなたに恥をかかせてしまったかしら」

自分に正直に生きると言ったが、リクハルトに恥をかかせるのは本意ではない。心配になって訊くと、彼は笑顔で首を振った。

「いいえ、まったく。僕は、女性の乗馬をはしたないと思ったことはありませんよ。女性が元気になって社会進出すれば、この国はさらに発展すること間違いなしです」

それを聞いて、ティアはふと思い当たる。

あの事件の後、実家に戻ったティアに父が同じようなことを言ったのだ。ティアは無理をせずに正直に生きなさい、と言ってくれた。真面目すぎて融通のきかない父がそんなことを言うなんて、いったい何があったのだろうとひどく驚いたのだが……。

あれはもしかしたら、リクハルトが父に助言をしてくれたからかもしれない。ティアはティアのままでいいと言ってくれた彼が、父のことも説得してくれたのだろうか。

「あなたが父に言ってくれたの？」

「何のことですか？」

リクハルトは笑みを浮かべたまま首を傾げた。前から思ってはいたが、こういう時のリクハルトの笑みは胡散臭い。そしてこんな顔をした時、彼は白状しないのだ。短い付き合いではあるが、ティアにだってそのくらい分かる。

「でも、あなたのお父様は僕にこう言っていました。『ティアには跡継ぎということで不自由を強いてきたが、決してティアの意思を否定するつもりはなかった。ティアには幸せになってほしいと心から思っている』と」

小さく唇を尖らせたティアに、リクハルトは苦笑して教えてくれた。

父がティアのことを思って厳しく接していたことは分かっている。慎ましくしろと言っていたのも、ティアが恥をかかないようにと思ってのことだろう。

子供の頃には分からなかったが、成長するにつれ父の気持ちを察することができるようになり、期待に応えたいと思ったからこそ、毎日努力したのだ。

父の本音を聞けて、ティアは幸せな気分になり涙ぐむ。

しかしティアにとってはここからが本題だ。この話をするために彼に会いに来たのだから。涙が零れてしまう前に、話題を変えることにした。

ティアは草原の綺麗な空気を大きく吸い込み、ゆっくりと吐き出してから、リクハルトに向き合った。

「あのね、私、殺されそうになった時、無性にリクハルトに会いたいって思ったの」

「え？」

「私、自分で思っている以上にリクハルトのことを想っているみたい。あなたが私じゃなくてカリーナのことを欲しているのだと思ったら腹が立ったし、もっと殴っておけば良かったと思ったし……。ええと、何て言ったらいいのかしら。信頼はもちろんしているんだけど、そうじゃなくて……」

リクハルトが小さく首を傾げる。ティア自身が何を言っているのか分からないのに、彼が分かるはずもない。ティアは覚悟を決め、お互いが理解しやすい言葉で伝えた。

「要するに、私、あなたのことが好きなの」

言葉にして初めて、自分の気持ちを認められた気がした。

「……え？」

少し間を置いた後、リクハルトが大きく目を見開いた。

「愛しているということ……だと思うわ」

恥ずかしいが、正直に自分の気持ちを口にしてみる。すると彼は、心底疑わしいという顔をした。

「本当に？」

「ええ」

「そんなこと、信じられないです」

「あのね……」

気持ちを否定されて文句を言おうとしたティアの言葉を遮り、リクハルトは泣きそうな顔で下手くそに笑った。

「だって、僕は自分がティアを愛しているという気持ちさえあればそれでいいと思っていたんです。ティアが僕のことを何とも思っていなくても、傍にいてくれればそれで満足だったんですよ。愛なんて不確かなもの、いつまで続くかなんて分からないじゃないですか。だから、僕さえ変わらない気持ちを持っていれば、それでいいと思っていたんです」

リクハルトがティアのことを愛しているという告白を初めて聞いた。彼に愛されていると思っていなかったティアは、リクハルトと同様、すぐには信じられなかった。

でも、彼の発言がじんわりと心に染み込み全身を満たす頃には、言葉では言い表せないほど嬉しい気持ちになった。

ずっとモヤモヤとしていた胸のつかえが取れ、温かなものでいっぱいになる。きっと今、ティアも泣きそうな顔で笑っているのだろう。

ふと、前にライが、リクハルトは愛を知らないと言っていたことを思い出す。マルクスは、リクハルトは両親のせいで臆病になっていると言っていた。

リクハルトは親に愛されなかった。だから愛を知らず、その知らないものを求めることができなかったのかもしれない。臆病だったのではなく、愛が自分に向けられるものだとは思っていなかったのだろう。

しかし愛を知らないリクハルトはティアを愛してくれていた。こんなに幸せなことはない。

想いが通じ合った嬉しさを噛み締めていたら、リクハルトがティアの手を取った。

「でも、すごく……」

潤んだ瞳で見つめてくる。

「すごく、嬉しいです。胸が熱いです。愛している人に愛されるって、こんな気持ちなんですね。幸せすぎて苦しいです」

「私も、同じ気持ちだわ」

頷くと、リクハルトの額がコツンとティアの額に当てられた。至近距離で見つめられ、少し照れ臭くなる。

「僕と結婚して、この先もずっとそばで愛してくれますか？」

以前は断られるなんて思ってもいない顔で同じような台詞を口にしたというのに、今の彼はひどく不安そうにしている。愛されることを知った彼は、その愛を失うことが怖くなったのかもしれない。

ティアは優しく微笑んだ。

「もちろんよ。リクハルトと一生をともにすると決めたから、会いに来たの。たとえ断られても諦める気なんてなかったわ」

力強く宣言すると、彼はティアの手を愛おしそうに撫でた。

ティア自身、初夜でリクハルトに突き放された気がしていたので、彼が心も求めてくれたのが嬉しい。その想いを込め、手を握り返した。

「この先ずっと、お互いを尊重し合って思いやりを持っていれば、きっと一生幸せでいられるわ」

今回のことで、結婚に対しての概念《がいねん》が変わった。ティアはずっと、妻は夫に尽くさなくてはいけないのだと思っていたが、一方的にでは駄目だ。お互いに想い合って、二人で築き上げていかなくては。

「約束ですよ、ティア。もし途中で気持ちが変わったりしたら、今度こそ監禁しちゃいますからね」

物騒な言葉とは裏腹に、何とも爽やかな笑顔でリクハルトは言った。本当にやりそうだと危機感を覚えながらも、彼を見つめてティアは頷いた。

直後にふわりとした感触が唇を覆う。自然と離された手はティアの背中に回り、グッと引き寄せられた。

リクハルトはティアの唇を食むように何度も口づけてくる。舌が口腔に差し入れられ、ティアの舌の表面を舐めては上顎をくすぐるという動きが繰り返された。

抱き締める腕は力強く、キスが激しくなるにつれ体の密着度が上がる。腹部に当たっている彼の下半身が熱を帯び、その存在を主張し始めた。

しばらくしてティアの体から力が抜け出すと、リクハルトの足がわざとらしく秘部に押し当てられ、小刻みに刺激してきた。背中を支えていた彼の手は臀部《でんぶ》へと下がり、後ろから脚の間に指が差し入れられる。

「……んっ……」

ドレスの上からとはいえ秘部を何度もなぞられ、足で敏感な花芯を刺激されて、熱に浮かされたような気持ちになった。

こんな場所で……と思う気持ちも、リクハルトの愛撫によって薄れてしまう。

「……したくなりました」

僅かに唇を離し、リクハルトが囁いた。ティアは頬を赤らめ首を横に振る。

「……駄目……」

「どうしてですか？」

「だって、こんな場所だし、フォルトゥーナとヴェローチェが……」

見ているから、とチラリと周りに目をやれば、少し離れた場所で二頭並んで草を食んでいた。いつの間にか仲良くなっていたらしく、こちらを気にしている様子はない。

「見られなければいいんですね？」

言って、リクハルトは抱き締めていた腕を解き、ティアの手を引いた。

「どこに行くの？」

グイグイと手を引かれながら問いかけたが、リクハルトは答えなかった。

戸惑っている間に、彼は森の中へと入って行った。草原からほど近い場所に、小屋があるのに気づく。

「こんなところに小屋なんてあったのね」

驚いて思わず出た言葉に、リクハルトが答えた。

「ええ。ティアと草原で会った日に、周辺の散策をしていたら見つけたんですよ。残念ながら鍵がかかっていて中には入れないんですけどね」

鍵がかかっているなら、なぜこんなところに来たのだろうか？

疑問に思いつつリクハルトを見上げると、彼は微笑んだ。そして小屋の前にティアを立たせる。

「ここに手をついてください」

「え？」

小屋の外の壁に手をつくようにとリクハルトは言った。しかも、そう言いながら勝手にティアの腕をとり、壁に手をつけさせる。

わけが分からないティアは、首を傾げながらもそのままの体勢でいた。すると、突然スカートを捲り上げられたと思ったら、ドロワーズを手早く脱がされてしまう。

「ちょっ……！」

あまりに手際よく下半身を曝《さら》け出され、慌てて振り返ろうとした直後、ペロリと秘部を舐められた。

「んんっ……ぅあ、……え？」

いきなりの刺激に、ティアは混乱した。ビクッビクッと体が震え、壁に寄りかかってしまう。

先ほどのキスと愛撫で敏感になっている秘部は、彼の舌を喜んで受け入れた。知らず知らずのうちに腰が勝手に突き出す格好になっている。

割れ目を何度も往復していた舌が、今度はグリグリと花芯をつついた。ピリピリとした何かが背筋を駆け上がり、熱い吐息が漏れる。

次第に、水音が大きくなっていった。愛液が分泌されている音だ。それを秘部全体に塗りつけるようにした後、リクハルトは素早く立ち上がった。

「忙しなくてすみませんが、挿《い》れてもいいですか？」

言いながら、彼は秘部に熱く固いものを当てた。そしてティアの返事を待たず、それをグッと中に押し込んでくる。

「ああ……っ……！」

いつもは丁寧に準備をしてくれていたので気づかなかったが、性急に猛りを挿れられると引き攣れるような感じがして、圧迫感も倍感じた。

「痛い、ですか……？　すみません……興奮が治まらなくて……」

荒い呼吸を繰り返すティアと同じように、リクハルトも苦しそうだ。

興奮しているからって、こんなところで、こんなに慌ただしくしなくても……。と文句を言いたいが、いつもより苦しくて言葉が出ない。

「……ふぅ……んん、ぁあ……！」

なんとか息を整えようと深呼吸をするも、すぐにリクハルトが激しく動き出したため、さらに息ができなくなる。

ガッガッと音がするほど強く、後ろから突かれる。そのたびに頬が壁に押しつけられるが、その痛みを感じない。圧迫感でつらかったはずの箇所から、快感が一気に全身に駆け巡ったからだ。

「やぁ……あ、あ、んぁ……あっ……」

喘ぎ声がひっきりなしに出てくる。

森の中とはいえ外でこんな行為をしている。駄目だと思いながらも、リクハルトに与えられる愉悦に呑み込まれてしまう。

いつもの優しい快感ではない。荒々しい快感だった。

結合部から、グチュグチュと淫らな音が響く。後ろから首筋にかかるリクハルトの熱い息に、ティアは頭の中がおかしくなりそうだった。

気持ち良い。それしか考えられないくらいに、体中がリクハルトで満たされる。

リクハルトがティアの耳を舐めた。ねっとりとしたその感覚に、ぞわぞわとした何かが背筋を駆け抜ける。

「……んっ、ティア、……一緒に、帰って……くれるんですよね……？」

ティアの耳たぶを噛みながら、リクハルトが途切れ途切れに言った。気持ち良さそうなその声に、ティアまで快感が増す気がした。

「あ、んん……ん、一緒……に、帰りましょ……っあぁ……！」

私たちの家に。そう続くはずだった言葉は、さらに激しくなった突き上げによって声にならなかった。

体の奥深くにリクハルトが侵入してくる。突かれ、擦られ、抉られ、そのすべてに反応してしまう自分が怖かった。

さらなる刺激を得ようと腰が動く。これ以上激しくされたら意識が飛びそうなのに、もっともっとと体は快感を貪った。

「……っ、ティア、一緒に……！」

切羽つまった声がして、動きが一段と激しくなる。グチュグチュという淫らな音も大きくなり、膣内が何もかもを搾り取ろうとするように収縮した。

一緒に。

きっとそれはいろんな想いがつまった一言だ。

顎を掴まれ、グイッと顔だけ後ろを向かされる。そしてリクハルトに唇を塞がれた。

苦しい。けれど、お互いの舌を絡めると快感が増す気がした。唇を押しつけたまま、ティアは甲高い声を上げる。リクハルトもグッと息を詰めた。

「……あぁぁっっ……！」

「……くっ……ん」

最奥で、熱い白濁が弾けたのを感じた。ティアの体が大きく痙攣し、一瞬目の前が真っ白になる。

「……んっ、はぁ…あぁ……」

痙攣がしばらく治まらなかった。入ったままの猛りもビクビクと小さく何度も跳ねる。

深呼吸を繰り返し体が徐々に落ち着いてくると、勝手に体が弛緩し、そのままズルズルと座り込みそうになった。素早くリクハルトが支えてくれる。

背後から抱き締められ、ティアは彼の胸に寄りかかる。そうして荒い息を整えた後、ぐったりとしたティアの髪を梳きながらリクハルトは囁くように名を呼んだ。

「ティア」

「……何？」

顔だけ振り向いてリクハルトを見ると、幸せそうに笑《え》んでいた。ティアもつられて微笑む。すると彼は、ティアの頬に自分の頬を触れさせながら言った。

「もしこの先、僕に不満がある時は殴ってくれていいですからね」

「……遠慮なくそうするわ」

甘い言葉が出て来るかと思いきや、相変わらずの変態っぷりに、ティアは引き攣った顔で笑うしかなかった。


その後、心身ともに疲れ果てたティアは、リクハルトが後始末をしてくれるのを素直に受け入れた。そしてヴェローチェに乗ったリクハルトに抱えられてキーツ家への道を進む。

隣を並んで走っていたフォルトゥーナが、リクハルトに体を預けるティアを見て、面白くなさそうにふんっと鼻から息を吐いた。

それを見たリクハルトが、ふふんっと鼻を鳴らす。

彼らが仲良くなるには、まだまだ時間がかかりそうだ。けれど、時間はたくさんある。

ティアは目を瞑った。すると脳裏に、ティアとリクハルト、そしてフォルトゥーナとヴェローチェが楽しそうに草原で遊んでいる光景が浮かんだ。

近い将来、きっと——。

そう願い、ティアはリクハルトの胸に顔を埋め、安心できるその場所で幸せな微笑みを浮かべた。

❀　❀　❀

馬上で眠ってしまったティアは、キーツ邸に着いても起きなかった。リクハルトは、無防備な姿の彼女をベッドに横たえる。

安心した顔で寝息を立てるティアを見つめ、リクハルトは自然と笑顔になった。

「ティア……」

呼びかけても起きる気配はない。リクハルトはティアの頬を親指でするりと撫でる。

「あなたは必ずここに戻って来ると思っていましたよ」

リクハルトは知っていた。リクハルトがどう育ち、何を欲しているのかを知ったティアが、そんな可哀想な人間を独りにできるはずがないということを。

リクハルトがティアの同情心を買うためにわざとしてきた行動の数々が実を結んだということだ。お人好しのティアはリクハルトを放っておけない。放っておけなくなるように仕向けた。

毎日のように抱いたのは、体も懐柔しておけばさらに自分から離れられなくなるからだ。何度も肌を合わせれば情が湧くものだ。

そして、ティアを完全に手に入れるために、彼女が自分でここに戻って来るのを待った。

ティアが自分で選んだ、というのが大事なのだ。その事実さえあれば、責任感が強いティアは最後まで一緒にいてくれる。

同情でもいいのだ。ティアが手に入りさえすれば何でもいい。

自分とは相容れない清らかな世界にいる、そんな彼女を――こちら側に引きずり込む。

そのことに躊躇はなかった。

このまま、この腕の中に落ちてくればいい。

「あなたは本当に……単純で……愛しい人です」

前髪の隙間から見える額に唇を落としたリクハルトは、誰にも見せたことのない、仄暗い、けれど満足感に溢れた笑みを浮かべ、寝入っているティアの体をきつく抱き締めた。

僕はあなたを愛しています。

あなたのことをすべて把握していないと気がすまないほどに。

エピローグ

ティアとリクハルトは、色彩豊かな花畑を縫うように歩いていた。

愛馬との散歩中に見つけたその場所は、ティアたち以外に人は見当たらない。

「綺麗ね」

「綺麗ですね」

花々が競うように咲き誇る様は、見る者の心を引きつける。二人は様々な種類の花の名前を言い合いながら、その中を歩き回った。

「あ、クローバーがあるわ」

クローバーが群生している一角を見つけ、ティアは駆け寄った。しゃがみ込もうとした時、昔行った花畑のことをふと思い出した。

あの時、ティアは四つ葉のクローバーを見つけられなかったのだ。悔しい気持ちがよみがえる。

「今日こそは見つけてみせるわ」

意気込み、ティアは目を凝らして四つ葉を探し始めた。

見つけたらリクハルトにあげるのだ。彼からもらった七つ葉は自作の袋に入れて大事に持ち歩いている。彼にも同等……とはいかなくても、せめて四つ葉のお守りを贈りたい。

「あ、見てください、ティア。見つけました」

探し始めてからさほど時間は経っていないというのに、リクハルトが弾んだ声を上げた。

振り向くと、少し離れた場所で同じように座り込んでいたリクハルトが、ティアに向かって得意げに何かを差し出してきた。

彼に歩み寄り、ティアはふと既視感を覚える。

「……前に同じようなことがなかったかしら？」

「ありましたよ」

リクハルトはあっさりと頷いた。そして持っていたものをティアの目の前で小さく振る。

「七つ葉のクローバー……！」

七つ葉とは、こんなにも簡単に見つかるものだろうか。

ティアは大きく目を見開いた。直後、昔同じように誰かが七つ葉を持っていたのを思い出す。

そうだ。そして四つ葉のクローバーを五本ももらったのだ。

うろ覚えではあるが、相手が少年だったことは記憶に残っていた。

「あの男の子……もしかして、リクハルト？」

「そうです。と言っても、僕も草原でティアに声をかけられた時に思い出したんですけど。あの時も、昔も、ティアは僕のことを心配して声をかけてくれましたね」

ニコニコと微笑むリクハルトから、ティアは七つ葉クローバーを受け取る。

「そういえば、昔もあなたは座り込んでいて……」

気分が悪いのかと思ったのだ。偶然だと言って彼が草原にいた時も、同じように心配して声をかけた。

「そうです。路地裏で会った時は、なんて勇敢な女性なんだと思って好意を抱きましたが、その後、昔のことを思い出して、あの頃と変わらず優しくて清らかなあなたをさらに好きになりました」

「こんな偶然てあるのね……」

「運命ですよ」

ポツリと呟いたティアに、リクハルトは力強く言った。

彼は前にもそう言っていた。あの時は冗談だと思ったが、こうも偶然が重なると、本当に運命なのかもしれないと思えてくる。

見つけた者に幸運が訪れると言われているクローバーが、二人を引き寄せたのかもしれない。

窮屈に生きていたティアに解放を、愛を知らないリクハルトに愛し愛される存在を、七つ葉が与えてくれた。そう思ってもいいだろうか。

ティアは七つ葉のクローバーを見下ろし、大きく頷いた。

「そうね。運命ね。私たち、結ばれる運命だったのかもしれないわね」

同意すると、リクハルトは嬉しそうに笑い、大きく手を広げてティアを抱き締めた。

「やっと……手に入った」

リクハルトが小さく何か言った。だがそれは、突然強く吹いた風の音でかき消されてしまった。何を言ったのか聞こうと顔を上げたが、満面の笑みを浮かべている彼と目が合い、口を閉じる。

リクハルトが幸せそうならそれでいいと思った。

ティアは背伸びをしてリクハルトの唇に自らの唇を押しつけ、最大限の幸福を祈った。

あとがき

こんにちは、水月青《みづきあお》と申します。このたびは『旦那様は溺愛依存症』をお手に取っていただき、誠にありがとうございます。

壁ドンとは何か。

今回のヒーローとヒロインは、友人たちとそんな話をしている時に思いつきました。

その中で、中学生の時に、怖い先輩にトイレに呼び出されて「生意気なんだよ」と壁ドンされたという話が出てきまして……。

そんなときめきも何もない話で、なぜか、〝壁ドンされて反撃するヒロイン〟を思いつきました。反撃されて喜ぶヒーローはセットで誕生です。

ヒーローのリクハルトといえば、最初、良いところをことごとく馬（フォルトゥーナ）

に持っていかれる残念なやつにしたいと思っていたのです。でもそうするとリクハルトがあまりにも可哀想なことになるため、渋々彼の活躍を書き足しました。リクハルトはヒーローっぽくなっていましたでしょうか。


今回はshimura様がイラストを担当してくださいました。

何パターンも案を出してくださって、大変お世話になりました。どのティアもリクハルトも素敵で、選ぶのに大変悩みました。

shimura様の描くキャラクターたちは表情が豊かで、しかも自分が想像していた以上にリクハルトが男前で……。彼のことはただのM男と思っていたのですが、shimura様が描いてくださったリクハルトを見て認識を改めました。彼はイケメンでした。それと、ティアの困惑顔が素晴らしくて、もっと困らせてやろうと思いました。

shimura様、丁寧な設定案、表紙案、本当にありがとうございました。細部まで書き込んでくださって、本当になんとお礼を言っていいのか……。まだまだ未熟な私の小説に挿絵を描いてくださったことに、心より感謝申し上げます。

そうそう。表紙なのですが……皆様、最後まで読んだ後に、もう一度表紙を見てください。印象が変わっていませんか？　リクハルトがティアを向こう側に連れて行ってしまう……ように見えるのは私だけでしょうか。

最後になりましたが、担当様。私の都合や小説の内容等々、最初から最後までご迷惑をおかけして誠に申し訳ありませんでした。良い本にするために、最後の最後まで手を抜かずに修正してくださる姿勢にいつも尊敬の念を抱いております。そしてデザイナー様、校正者様、営業の皆様、その他にもこの本に関わってくださったすべての方に、厚く御礼申し上げます。

ＫＭＭ様、今回も案を出してくださったり、ストレス解消に遊んでくださったりしてありがとうございました。案は一つも取り入れていませんが、助かっております。心の支えです。

そして、この本を手に取ってくださったあなた様。何回お礼を言っても足りません。ただただ感謝の気持ちでいっぱいです。ありがとうございます。ありがとうございます。

皆様の中でヒーローが馬（フォルトゥーナ）になっていないことを願って……。

水月青

Sonya
ソーニャ文庫

この本を読んでのご意見・ご感想をお待ちしております。

◆ あて先 ◆

〒101-0051
東京都千代田区神田神保町2-4-7 久月神田ビル7階
㈱イースト・プレス　ソーニャ文庫編集部
水月青先生／shimura先生

旦那様《だんなさま》は溺愛《できあい》依存症《いぞんしょう》

2015年8月8日　第1刷発行

著　者　水月青《みづきあお》

イラスト　shimura《シムラ》

装　丁　imagejack.inc

DTP　松井和彌

編　集　安本千恵子

発行人　堅田浩二

発行所　株式会社イースト・プレス
〒101-0051
東京都千代田区神田神保町2-4-7 久月神田ビル8階
TEL 03-5213-4700　　FAX 03-5213-4701

印刷所　中央精版印刷株式会社

ISBN 978-4-7816-9559-4
定価はカバーに表示してあります。

Sonya ソーニャ文庫の本

『仮面の求愛』　水月青

イラスト 芒其之一

Sonya ソーニャ文庫の本

『限界突破の溺愛』 八巻にのは

イラスト 成瀬山吹